U0045228

小說課之王

折磨讀者的祕密

許榮哲

目次

第十二章　黑暗之心

後記

作者序

關於小說，我的一流父親，偉大母親

在小說的寫作路上，我有一位父親，一位母親。

父親叫張大春。

二十四歲那一年，我從理工跳到文學。

開始寫作那幾年，我大量參加文學獎，小說家張大春幾乎年年擔任兩大報文學獎評審，當時的我幾乎是把他在評審會議裡頭提到的小說美學，當成神主牌來拜。

我最初的文學招式就是透過「文學獎」，一場又一場的比武大會，從評審張大春那兒偷偷學過來的，這些拳腳功夫讓我一出手，就接連奪得大獎。

此外，張大春的小說，我也翻遍了，他有如孫悟空七十二變的奇技淫巧深深吸引了我，我被它們迷得神魂顛倒。

但令人困惑的是，張大春的小說美學和他的小說作品，有很大部分背道而馳。

後來我才理解，「三十而立、四十不惑、五十知天命」是一種理想，要做得到，必須再加個二十年。也就是「五十才立、六十不惑、七十知天命」；至於「耳順」要八十；「從心所欲，不踰矩」得要九十；幾乎要到死前那一天，才辦得到。

意思就是最欣賞的小說類型，你我都可以短暫模仿個幾篇，但無法一直堅持下去，人終究要回到自己的本質。

在小說的寫作路上，我有一位母親，一位父親。

母親叫李永平。

二十六歲那一年，我帶著一身叮叮鈴鈴的文學獎行頭，考上第一屆的東華大學創作與英語文學研究所（創英所）。

那一年，創英所錄取了六名學生，除了我比較正常，其他都是怪咖：舞鶴、方梓、王威智、施俊州、李良安，雖然他們也認為從理工轉文學的我是個怪咖。

一直到進了創英所，我才知道自己的小說老師是李永平。

尷尬的是，我從沒讀過李永平的小說。

非常巧，那年他剛評審完《中國時報》、《聯合報》兩大文學獎，而我正好以〈迷藏〉一文獲得時報文學獎。

評審過程中，李永平一票也沒投給我，他不喜歡我作品裡的誇張、暴烈、急於向這個世界展示自己。

更尷尬的，是李永平對我說的第一句：「我比較喜歡〈在路上〉，不喜歡〈迷藏〉。」〈在路上〉是當年聯合報文學獎的得獎作品，隔年，〈在路上〉作者何致和也考上東華創英所，成了我的學弟。

在小說的寫作路上，我有一位父親，一位母親。

父親叫張大春，母親叫李永平，他們兩個不對盤。

江湖傳言，李永平與張大春互看不順眼，曾經一言不合，當著眾人的面大打一架。

後來上課時，我們向李永平老師求證，江湖傳言是真的嗎？誰打贏了？

李永平笑著說，他們是狠狠打了一架沒錯，至於結果嘛……李永平說，我把張大春的西裝撕爛了，最後我賠了他一套西裝。

撕爛張大春的西裝，李永平的意思是……他贏了？

我們沒有再追問下去，作為一個八卦窺祕，我們已經滿足了；但作為一個小說美學，我們卻錯過了。

唉，那時的我們太年輕了，以致於忘了問最重要的問題：你們的美學爭執點在哪裡？是什麼樣的小說美學，讓你們想要狠狠的痛扁對方？

在小說的寫作路上，我有一位母親，一位父親。母親叫李永平，不是傳統柔順的那種母親，而是以海明威（Ernest Hemingway）的形象，永遠留在我的心中。

李永平是個大塊頭，天生牛脾氣，再加上毛髮旺盛，因此我總是把他跟海明威聯想在一塊兒，天生拳擊手的那種硬漢。

很巧的是，李永平第一堂小說課就是教海明威的〈印第安人部落〉（Indian Camp）。故事梗概是少年尼克（Nick）跟著醫生父親到印第安部落，為即將生產的女人接生。分娩過程中，印第安女人痛苦哀號，而她的丈夫就躺在上鋪。印第安女人歷盡痛苦，好不容易生下小孩時，躺在上鋪的丈夫居然死了，他用剃刀把自己的喉嚨割開，自殺死了。

原本應該目睹生之喜悅的尼克，卻意外看到最暴烈的死亡。

小說裡的主人翁少年尼克不懂為什麼男人要自殺？那時的我也不懂。

尼克問父親：「爸爸，他為什麼要自殺呢？」

「我不知道，尼克，我猜他是受不了。」

「爸爸，是不是有很多男人自殺呢？」

「沒有很多，尼克。」

「女人呢？多不多？」

「幾乎沒有。」

……

「爸爸，死很痛苦嗎？」

「不，不那麼痛苦。尼克，要看情形。」

小說最後是這麼寫的：

他們上了船，尼克坐在船尾，他的父親划著船，太陽剛從山的那邊升起。一條鱸魚躍出了水面，激起一圈水花。

尼克把手伸進水裡蕩著，在早晨的嚴寒中，他感到水的溫暖。

在清晨的湖上，他坐在由父親划著的小船上，確信自己永遠不會死。

少年尼克在同一天，看到生，也見到死。

當年的我不喜歡這篇小說，因為我完全無法理解尼克為什麼會說出「我確信自己永遠不會死」這樣的話。

在我心中，這是一篇缺乏內在邏輯的小說。

許多年後，我終於找到邏輯了。邏輯不在小說之內，而在小說之外。

海明威的父親是個窮醫生，母親則是富家千金。醫生父親的月收入是五十美金，而教授鋼琴和聲樂的母親，收入是父親的二十倍。

二十倍，正是這樣的背景，造成海明威的母親性格強硬，而父親個性軟弱。

個性軟弱的父親，在海明威二十九歲那一年，自殺身亡。

小說裡，尼克的父親是醫生，他看到了堅強生育的女人，同時看到了軟弱自殺的男人……〈印第安人部落〉根本就是海明威的半自傳故事。

少年尼克在故事結尾，沒頭沒尾的那句話，「我確信自己永遠不會死」，根本就是海明威用來提醒自己，不，是警告自己的：我絕不許自己像軟弱的父親一樣，我要強壯起來。於是海明威成了拳擊手、狩獵猛獸的獵人、主動到世界各地的戰場，多次受重傷，做盡一切最男子、最陽剛的事。

但海明威最後還是死了，像〈印第安人部落〉裡的男子，像他父親，自殺死了。

當年二十六歲的我沒見過生，也沒遇過死，對〈印第安人部落〉這篇小說完全無感。直到八年後，我陸陸續續生了三個小孩，看盡了生。

但我依然沒遇過死。

直到李永平老師過世前三天，我去淡水馬偕醫院看他，他躺在病床上，用盡所有力氣，大口大口的呼氣，意識已經模糊了。

我在李永平老師耳畔，流著淚，像個當機的傻瓜，一遍又一遍的自我介紹。

我是許榮哲，非常感謝老師那些年……

我是許榮哲，我非常後悔那些年……

我是許榮哲，那些年……

老師一連三次挪動身子，努力往我的身邊靠，那時我突然浮現少年尼克的那句話，「我確信自己永遠不會死」。

躺在病床上的李永平老師，身子一直不自主的痙攣，那是我這輩子最接近死亡的時刻，但我卻相信他不會死，那只是顫抖，人人都會顫抖。

海明威用拳擊的痛、用狩獵的險、用戰爭的血，來提醒自己要堅強，要永遠活下去。但到頭來，他欺騙了他自己。

就像前面說過的，每個作者都有自己的小說之神、小說之夢，但最後終究要回到自己的本質，那才是人，才是現實。

確信自己不會死的海明威，最後還是死了，李永平老師也是。

關於李永平老師生前，我最記得的是小說課時，我、王威智、施俊州三個混蛋老是沒寫作業，沒小說文本可討論。老師沒有任何責備，反而帶著我們到附近的野店喝酒。

喝著、喝著，大家都放鬆了。

老師、老師，說說你對張大春的評價？

李永平有點醉了，搖頭晃腦說，張大春是一流的小說家，但不會是偉大的小說家。

什麼意思？一流和偉大，有什麼差別？

李永平紅著一張臉說，因為張大春對他的小說人物沒有同情心。

同情心？同情心有那麼重要嗎？

李永平的意思是，工匠一輩子可以製作成千上萬個人偶，但母親一輩子只能生出幾個孩子。大部分的小說家是工匠，工匠的最高等級叫一流；但只有極少數的小說家是母親，母親才有資格配得上「偉大」這個詞。

小說當然是創作，但在偉大的小說家那裡，更接近生產。

當我還在想同情心的問題時，李永平突然一把眼淚、一把鼻涕，呼喚起他小說裡的人物，小女孩朱鴒。

「朱鴒啊，我最親愛的朱鴒啊，帶我回家好不好？」

小說裡的朱鴒一直在找回家的路，現實人生的李永平老師也是，在台灣與馬來西亞之間——他是馬來西亞婆羅洲人，大學時來台讀書，從此生活在台灣，最後骨灰灑在淡水的外海。

隨後，李永平老師放聲大哭：「可是……我沒有家啊！」

我在小說父親張大春身上學到一流，在小說母親李永平身上認識偉大。

第一章

小說的源頭與盡頭

● 從前、從前，有個瞎子，不知從哪來，也不知何處去

第1課——故事

天然，未經加工，最初的菜

這孩子再怎麼彈吧，還能彈斷一千二百根？永遠扯緊歡跳的琴弦，不必去看那張無字的白紙……

——史鐵生，〈命若琴弦〉

先說一個故事。

老瞎子臨死前，給了徒弟小瞎子一張祕方，上面記載著復明的方法。祕方藏在琴槽裡，要拿到祕方，必須「彈斷一千根琴弦」。

從此，小瞎子努力彈琴，彈了一輩子，終於完成目標。此時，已經變成老瞎子的他，小心翼翼打開琴槽，沒想到心心念念一輩子的祕方居然是一張白紙。

以上是一個四處流傳，作者不詳的故事「瞎子的祕方」。

再說一篇小說，大陸作家史鐵生的〈命若琴弦〉。

小說裡，彈斷一千根琴弦，得到的卻是殘酷事實，老瞎子最後這樣告訴小瞎子：

「記住，得彈斷一千二百根。」

「一千二？」

「把你的琴給我，我把這藥方給你封在琴槽裡。」老瞎子現在才弄懂了他師父當年對他說的話——咱的命就在這琴弦上。

目的雖是虛設的，可非得有不行，不然琴弦怎麼拉緊；拉不緊就彈不響。

●〈命若琴弦〉，史鐵生／著（二〇〇八年）

「怎麼是一千二，師父？」

「是一千二，我沒彈夠，我記成了一千。」老瞎子想：這孩子再怎麼彈吧，還能彈斷一千二百根？……永遠扯緊歡跳的琴弦，不必去看那張無字的白紙……

把「瞎子的祕方」和〈命若琴弦〉兩相比較一下，你大概就能理解，小說的源頭來自於故事。

小說家李喬，曾為小說下了一個最簡單的定義：

小說＝故事＋許多技巧

把小說比喻成一道佳餚，那麼「故事」就是最初的生菜。

至於「許多技巧」，就是這本書後續篇章會陸陸續續告訴你的人物、場景、對話、性格、時間、留白……

市場裡的菜，天然，未經加工，人人都可以買個幾把回家，但烹煮的手法人人巧妙不同，毫不起眼的菜在名廚的手上，蒸、煮、炒、炸……最後變成一桌滿漢全席，如果來到你我手裡，那麼菜農的汗水都白流了。

以上是小說，大陸作家史鐵生的〈命若琴弦〉。

以下則是文學，有一千個讀者，就有一千種不同的解讀。

小說一開始，老老瞎子騙了老瞎子：「不是八百，而是一千，我記錯了！」

小說結束時，老瞎子騙小瞎子：「不是一千，而是一千二，我記錯了！」

為什麼是一千二百根？而不是二萬根？

八百、一千、一千二，難道是等差級數？

你犯傻了？當然不是，一千二百根感覺起來才有希望啊！

但那真的是希望嗎？

老瞎子認真彈了五十年，才彈斷一千根，意思是一年二十根，多二百根意謂著要多彈十年。

老瞎子現在七十歲，一千二百根，代表小瞎子要到八十歲才會發現事實的真相。

這到底是希望，還是絕望？

在小瞎子年幼的心中，一千二百根是希望，永遠有可能。

但在老瞎子來日無多的心中，一千二百根是絕望，根本不可能。

不只如此。

寫作課時，我常拿小說〈命若琴弦〉當教材。

小說裡的主角是瞎子，然而寫作之人又何嘗不是瞎子。

對於寫作，最初的我們充滿了希望，然而寫著、寫著，或者因為才華不足，或者因為家人反對，或者因為環境不好……開始覺得絕望。

因絕望而淚眼婆娑的你，看著眼前自己寫下的文字，那裡面似乎又汩汩湧動著希望。

寫作不只是希望和絕望，它同時也是希望中的絕望，絕望中的希望。

為什麼會這樣？

因為當小瞎子的希望，混合了老瞎子的絕望時，就像雞尾酒一樣，不同的人就會嚐到不同的滋味。

最好的小說是文學，文學是一面鏡子，它能映照出你自己的心。

希望之人讀到希望。

絕望之人讀到絕望。

這就是為什麼一篇好小說有多重解讀的可能，一如魔幻寫實大師小說家馬奎斯（Gabriel García Márquez）說的：「每篇好小說都是這個世界的一個謎。」每個人都能從中找到自己的答案。

第二章

什麼是小說？

●假的、虛構、巫術，小說之外不存在事實真相

第2課——小說

巫術之外不存在事實真相

國王施巫術讓死亡出現。死亡站在門口，向王子招手。王子全身發抖，想起了美麗但不真實的島嶼，以及不真實但卻美麗的公主。

「很好，」他說，「我可以忍受。」

「你看，我的兒子，」國王說，「你也開始成為巫師了。」

——約翰．符傲思，《魔法師》

小說是什麼？最簡單的說法是「假的」。

「假的」這個說法，基本上沒什麼錯，但它強烈透露了一個訊息：說這句話的人是個門外漢，就像看到地上一坨無色透明的流動液體，然後便得意洋洋的說「那是水」。

有些人天天看小說，但完全說不清小說是什麼。這不算什麼，就像有些人常常吃橘子，也說不清橘子的味道。

詩人夏宇〈繼續討論厭煩〉裡，有這麼幾句詩，準確描述出「熟悉的陌生」的感覺：

「您要怎麼形容橘子的味道呢／我們只能說／有些味道像橘子。」

小說是什麼？比較精準的說法是「虛構」。

小說的英文就叫 fiction（虛構，捏造，想像），文學史上第一部現代小說是西元一六〇五年的塞萬提斯《唐吉軻德》，至於中國第一部白話小說是西元一九一八年的魯迅《狂人日記》。

上面兩部小說的主人翁唐吉軻德和狂人，都是不存在的人物，是作者虛構出來的。

所以如果某人說，小說就是「虛構」。基本上，他是位行家，但行家也分等級，就像空手道分成白帶和黑帶一樣。

●《魔法師》，約翰．符傲思／著（一九六五年）

小說是什麼？我個人特別喜歡的一種說法是「巫術」，但不是假的或虛構的那種巫術，而是「巫術之外不存在事實真相」的那種巫術。

我們用一個故事來解釋，什麼叫「巫術之外不存在事實真相」。

英國後設小說大師，約翰．符傲思（John Fowles）《魔法師》（*The Magus*）一書裡，有個寓言故事叫〈王子與巫師〉（The Prince and the Magician），故事梗概如下：

國王告訴王子，世界上沒有公主、島嶼，和上帝這三樣東西。

王子深信不疑，直到他來到鄰國，遇到一個自稱「上帝」的人告訴他：島嶼和公主確實存在，你看，前方就是島嶼，島上的人就是公主。

王子回家質問父親。國王說，孩子你被騙了，那個自稱上帝的人其實是「巫師」。

於是王子返回鄰國，反駁「上帝」：你是巫師，你指給我看的島嶼和公主都是假的。「上帝」說，孩子你被騙了，你的父王才是一名巫師，他對你施了巫術，以致於你看不見島嶼和公主。

再一次，王子回家質問父親。這時國王說出真相：「對，我是一名巫師，但你遇到的那個自稱上帝的人也是巫師。」

國王和上帝都是巫師？王子完全搞混了，什麼才是真相？

國王說：「巫術之外不存在事實真相。」

混亂的王子說，我要自殺。

國王施巫術招來死亡，當王子面對死亡時，渾身發抖，想起「美麗但不真實」的島嶼和公主，最後他說：「我可以忍受。」

「忍受」一出口，國王說：「兒子，你也開始成為巫師了。」

我很喜歡寓言故事〈王子與巫師〉，它可多重解讀，現在我們拿它來解讀「小說」。王子在上帝和國王之間來回追索之後，故事的迷霧慢慢散去（原來國王和上帝都是巫師），但結局留下了一團更大的迷霧。

故事的結局是當王子可以忍受「美麗但不真實」的事物時，他也變成了一名巫師。

為什麼？為什麼？為什麼？

我們先問另一個問題：人們所認知的這個世界是自己定義的嗎？

為什麼你們是中國，我們是台灣？為什麼這是電腦，那是計算機？為什麼她美麗，而我憂鬱？

很顯然不是我們自己定義的，那是誰告訴我們的？簡單來說就是國王和上帝。他們二位正是定義現實世界與信仰世界的最高主宰。

國王：「不遵守我國法律的人，處以死刑。」

上帝：「我用七天造了世界。信我者，得永生。」

國王定義一個國家，上帝定義一群信仰祂的人，他們其實都是巫師，因為我們看到的世界，並不是真正的本質，而是由國王和上帝的權力定義出來的。

現在讓我們重新回到最初的問題：小說是什麼？

若我們把巫術比擬成小說，那國王最後的話就變成「小說之外不存在事實真相」。

當你開始能夠「忍受」世界是虛構出來的，你就像王子一樣踏進了巫師（小說）之門。但如果你能像國王那麼認真的「相信」世界是虛構出來的，你就成了一個百分百的小說家。

相信虛構才是本質，並且認真施展虛構這個巫術，讓你的讀者相信，就像我們相信塞萬提斯筆下的唐吉軻德是位騎士一樣。

小說家名義上是國王，是上帝，在他們的世界，他們說了算。但本質上，其實是巫師。他們施展的巫術叫「虛構」。他們無比相信，小說之外不存在事實真相。

第三章

什麼是文學？

● 每篇好小說都是這個世界的一個謎，超越現實的世界

第3課 文學

左手不只是輔助

一顆痣因肉體的白
成為一座島：我想念
你衣服裡波光萬頃的海。

——陳黎，〈小宇宙〉

我喜歡玩解謎的遊戲。

舉個例子：十二袋金幣中，只有一袋是偽幣，真幣每一枚重十公克，偽幣重九公克。請問最少得秤幾次，才能找出哪一袋是偽幣？（出自漫畫《金田一少年之事件簿》）

答案是「一」次。

不給讀者答案是一種折磨。

給讀者答案，卻不告訴他到底是怎麼算出來的，是另一種折磨。不過說真的，上面的解答真的不重要，因為它是數學，而這是一本關於小說創作的專書，所以我想跟你分享的是「文學的謎」（我想你已經開始遭受折磨了）。

文學的謎有很多種不同的樣貌，其中一個長成這樣：

丈夫和妻子到湖畔露營，在寧靜美好的氛圍下，丈夫向妻子坦白，他愛上了另一個女人，但問題是他並沒有因此而少愛妻子一些，他還是像以前那樣深愛著妻子。當下，妻子沒有多說什麼，那一晚他們依然同床而眠，甚至做了愛，一切似乎跟以前一樣，他們還是人人稱羨的愛侶。隔天清晨，丈夫起床，發現妻子不見了，他裡裡外外找了好幾遍，最後在湖裡發現了妻子的屍體。故事最後，包括先生在內，沒有人知道妻子究竟是死於意外，還是投湖自殺。（出自電影《幸福》〔*Le Boheur*〕）

馬奎斯說得極好，每篇好小說都是這個世界的一個謎。

●〈小宇宙〉，陳黎／著（一九九三年）

有了謎，就帶來了折磨。

然而就像一開始的那道數學謎題一樣，折磨通常不只一種。聰慧的讀者選擇好的折磨，平庸的讀者選擇壞的折磨。

平庸的讀者像檢察官，把所有心力集中在找出正確答案。對他而言，「真相」最重要。但聰慧的讀者在意的不是正確答案，而是哪項選擇，才能呈現出人性的複雜度。死於意外？還是投湖自殺？哪一種選擇才有深度？（折磨持續中）。

選定之後，下一步就是解謎了。文學的謎千奇百怪，所以解法也五花八門，現在我來示範其中一種，姑且稱之為「比例式」的解法。

文學裡，最常被拿來設謎的基本元件叫譬喻，底下先幫大家複習一下，何謂譬喻。

譬喻：利用兩件事物的相似點，用彼方來說明此方。例如用蓮花譬喻君子，因為兩者同樣出污泥而不染。

數學裡，有一樣東西非常神似譬喻，那就是「比例式」。別看到數學就慌，比例式很簡單，我們國中就學過了（我知道你對數學有陰影）。舉個例子，1：2＝3：6

就是比例式，夠簡單吧！現在，我們就用數學的比例式，來解文學的譬喻之謎，以陳黎〈小宇宙〉的現代俳句為例。

一顆痣因肉體的白／成為一座島：我想念／你衣服裡波光萬頃的海。

看完這首俳句之後，有 fu 嗎？如果有，試著把你的感受說出來。嗯……啊……就是那個、這個……。事實上，的確不容易，我曾對不同學生做過多次實驗，他們常常對文學有 fu，但卻說不出個所以然來。

然而，只要丟給他們一個簡單的比例式，如前面提到的1：2＝3：6，那他們便能輕易的穿透迷霧，看穿俳句裡究竟藏了些什麼東西。

痣：肉體（身體）＝島：海

作者利用譬喻的手法，將痣和身體、島和海，兩組相似的事物，巧妙的連結在一塊兒，創造出這首俳句。

有了比例式的暗示之後，大部分的人便能輕易理解，俳句的重點在最後一句。從身體與海之間的對應關係，可以輕易推得「我想念你衣服裡波光萬頃的海」，其實暗示了「我想念你的身體」。

當然啦，如果純粹用數學（或邏輯）來解讀文學作品，那麼就太小看文學了，套一句漫畫《灌籃高手》主角櫻木花道的名言：左手只是輔助。

然而正因為有了比例式的輔助，我們才得以繼續往下走，看穿比「我想念你的身體」更重要的事。

因為作者加進了島與海的譬喻，於是這首俳句瞬間從「痣→身體」的小情小愛，變成「痣→海」（痣→身體→島→海）的豐饒之海。兩者之間，不管是大小規模、精神層次，還是情感的豐沛度，皆不可同日而語。

是的，理性的思維只是輔助，但有了這樣的輔助，你便能輕易的看得更高、更遠、更澄澈，而不再只是瞎子摸象。

聰慧的讀者，現在就讓我們開始接受折磨，並且試著解謎吧！一遍、二遍、三遍之後，你就會慢慢變成創作者，最後換成你出謎，折磨下一位讀者。

P.S. 別再想那道數學難題了，你想成為的……應該是小說家吧?!

第四章

小說基本功：人物、場景、對話

● 兩個面貌模糊的人，在一個空曠的地方對話，千萬毋湯

第4課　人物——無邊無際的那個人

宮曰：「知而故殺，大不義也！」

操曰：「寧教我負天下人，休教天下人負我。」

——羅貫中，《三國演義》

年輕時，我聽了無數場的小說講座，大部分都是轉身即忘，沒留下什麼印象，但小說家張大春《城邦暴力團》新書分享會裡的一句話，卻意外改變了我的命運。

那一年是我的小說寫作元年，積極投入小說創作，但寫出來的小說只有兩種命運，一是投稿報章雜誌然後被退稿，二是投文學獎然後石沉大海。

新書分享會過程中，張大春酸了年輕創作者一頓：「現在的年輕人啊，都不會寫作，寫出來的小說千篇一律都是『兩個面貌模糊的人在一個空曠的地方對話』。」

當時，底下的觀眾呵呵大笑，我則是冷汗直冒，那不就是我嗎？

後來我就根據這句話裡的三個關鍵字：面貌、場景、對話，回家把以前寫的爛小說統統拿出來修改。

從此，我的小說開始離地起飛了。

怎麼個起飛法？就是投稿，中。投文學獎，也中。

正因此，小說的入門課，我習慣從這三個讓我起飛的基本元素開始談起。

這一門課，就讓我們先來聊一聊小說人物的「面貌」吧！

每次我問學生，一提到「面貌」你們會想到什麼，幾乎沒有一次例外，大家的答案都是「長相」；但當我再追問還有沒有其他答案時，同樣也沒有一次例外，大家都會補上「性格」。

但問題是……如果我沒有追問呢？性格是不是就被忽略了？

●《三國演義》，羅貫中／著（十四世紀）

事實上，小說創作時，性格比長相更重要，但絕大多數的人只看得到外在面貌，而看不見內在面貌。

現在我們就把面貌分成內外兩種，一是外在面貌（長相），一是內在面貌（性格），並舉《三國演義》裡的關羽和曹操為例說明。

一、外在面貌（長相），以關羽為例

一提到關公，大家絕不可能把他跟其他人搞混，因為羅貫中是這樣描寫他的：「身長九尺，髯長兩尺；面如重棗，唇若塗脂；單鳳眼，臥蠶眉；手持青龍偃月刀，胯騎赤兔胭脂馬；相貌堂堂，威風凜凜。」

經羅貫中這麼一刻劃，從此關羽的外在形貌明確而單一，因此你絕不可能叫納豆來扮演關羽。

二、內在面貌（性格），以曹操為例

那曹操呢？一提起他，你會想到什麼？

我們舉一個例子：

《三國演義》裡，曹操出場不久，就因刺殺董卓失敗，和謀士陳宮逃到他父親的結義兄弟呂伯奢家裡。呂伯奢為了款待曹操，特地到隔壁村子買酒，天性多疑的曹操聽到後院有磨刀的聲音，而且還有人說「先把他綁起來，然後再殺」。曹操一聽，決定先下手為強，衝出去見人就殺，直到殺光呂伯奢家人之後，才看到廚房裡綁著一頭活豬。

陳宮埋怨曹操沒搞清楚狀況就亂殺人。曹操回道，人都殺了，說什麼都沒用了，我們快走吧！然而半路上，曹操遇到買酒回來的呂伯奢。

呂伯奢不知內情，還熱情挽留曹操，曹操當然只能極力婉拒。

正當曹操和呂伯奢分手，各自前行不久之後，曹操突然轉頭朝呂伯奢而去，大叫一聲：「看，那邊來的人是誰？」然後一刀把呂伯奢殺了。

一旁的陳宮見了，驚駭不已：「剛才殺人是誤會，現在你為什麼又殺人？」

曹操解釋，呂伯奢回去見到家人被殺，一定會帶人追上來，到時候我們就逃不了了。最後曹操還補上一句：「寧可我負天下人，不讓天下人負我。」

正是這一句話，把曹操的內心面貌刻劃出來了。

注意！這句話指涉的不只是此刻當下殺害呂伯奢一家人這件事而已，而是從今以後，曹操所有可能犯下的「惡」。

從此，在讀者心目中，曹操不只多疑，不只自私，不只奸詐……還多了那麼一點微微的恐怖感——他隨時都有可能幹出讓讀者嚇破膽的壞事——這一點是外在面貌無論如何都刻劃不出來的。

因此在我的創作觀裡，內在面貌比外在面貌重要千百倍，因為內在面貌（我習慣稱之為「內心景觀」）才能提供給讀者無邊無際的想像，以及揮之不去的恐怖驚嚇。

第5課——場景

每間星巴克都長得不一樣

您得彈斷一千根琴弦才能去抓那副藥，
吃了藥您就能看見東西了。

——史鐵生，〈命若琴弦〉

試著回想一下，你什麼時候活在一個空無一物，彷若外太空的地方？如果沒有，那憑什麼讓你的小說人物活在那樣的空間？

小說初學者常常不自覺就把場景忽略掉，或者僅僅只用「圖書館」、「星巴克」幾個字就把場景打發掉（事實上，每間圖書館或星巴克都長得不一樣），之所以如此，我大膽猜測那是因為在過往的閱讀經驗裡，他們曾經被人物、被對話、被情節感動過，但就是從來沒有被場景感動過。

場景當然可以感動人，以大陸作家史鐵生小說〈命若琴弦〉為例，主角是浪跡天涯、彈三弦琴、說書維生、一老一少的兩個瞎子。故事一開始，兩個瞎子一前一後走在莽莽蒼蒼的群山之中：「方圓幾百上千里的這片大山中，峰巒疊嶂，溝壑縱橫，人煙稀疏，走一天才能見一片開闊地，有幾個村落。荒草叢中隨時會飛起一對山雞，跳出一隻野兔、狐狸、或者其他小野獸。山谷中常有鷂鷹盤旋……」

初看這個場景真的一點也不特別，似乎「荒涼」兩個字就可以簡單帶過。別急，我們繼續往下看，但在往下看之前，請先記下這句話：這篇小說的場景是有對照組的。

這一天，老瞎子彈斷了他人生中的第一千根琴弦。他興奮極了，因為他的師父（也是個瞎子）曾告訴他，只要彈斷一千根琴弦，就可以鑿開琴槽，拿出裡面的藥方，然後帶著一千根琴弦（當藥引子）到藥鋪抓藥，到時候就可以重見光明了。

老瞎子活了一輩子，心心念念就是彈斷一千根琴弦重見光明這件事，如果沒有這

●〈命若琴弦〉，史鐵生／著（二〇〇八年）

個希望撐著，他早就活不下去了。

然而當老瞎子拿著藥方到鎮上藥鋪拿藥時，所有人都告訴他，藥方上一個字也沒有，這時候他才赫然明白，這一切都是師父為了讓當時還是個孩子的老瞎子有一個生存的目標，才這樣騙他的。

老瞎子回來之後告訴小瞎子，他記錯了，師父說要重見光明，必須彈斷一千二百根琴弦，而不是一千根。老瞎子之所以這麼說，是因為他的師父曾說過類似的話：要重見光明，必須彈斷一千根琴弦，而不是八百根。

他們的目的都是為了讓小瞎子一輩子不停的彈下去，就像琴弦必須兩端拉緊才能彈出聲音，人生也一樣，一端是追求，一端是目的，唯有兩端拉緊了，人生才能活出意義。這正是〈命若琴弦〉這篇小說的題旨。

故事最後，兩個瞎子離開村落，又來到另一個群山之中：「這地方偏僻荒涼，群山不斷。荒草叢中隨時會飛起一對山雞，跳出一隻野兔、狐狸，或者其他小野獸，山谷中鷂鷹在盤旋……」

注意到了沒有？此處的場景居然和一開始的場景幾乎一模一樣，甚至到了重複的地步，但讀者這時的心情已經和當初看到這個場景時的心情完全不一樣了。當時的場景不過是個場景，而現在的場景，則象徵了兩個瞎子的人生：重複、輪迴。

所以我先前才說，這篇小說的場景是有對照組的。

雖然場景是被動的、沉默的，無法跳出來大聲疾呼的，但聰明的小說家卻懂得利用它來說一個不斷重複、輪迴的悲傷故事，沉默的場景一樣可以感動人。

「情景交融」雖然是一句老話，但請記得，它同時也是一句好話。

第6課——對話

除了水面上還有水面下的對話

那就求你，求你，求你，求你，求求你，求求你，求求你，不要再說了，好嗎？

——海明威，〈白象似的群山〉

依照我的推估，百分之六十的人把小說對話當成「日常對話」，平常怎麼說，對話就怎麼寫。

百分之三十的人把對話簡化成「推動情節」的工具。例如，A：「你要去哪裡？」B：「台北一〇一大樓。」然後開始寫B動身前往台北一〇一大樓，過程巴啦巴啦的。又例如，C：「你怎麼了？」D：「我心情超不爽的。」然後開始寫D心情不好之後，如何如何的。

恐怕只有不到百分之十的人知道，對話除了拿來當廉價的「日常對話」、「推動情節」之外，還可以用來代替小說裡的描寫、敘述，甚至議論、說明……

底下我們就來看一看作家如何使用對話，以擅長描寫對話的小說家海明威作品〈白象似的群山〉（Hills Like White Elephants）為例。

故事很簡單，開頭第一段就把場景、角色、目的全都交代清楚了。

河谷旁，有一對男女在一間戶外的小酒館等火車，火車四十分鐘後才會到。從他們所在的地方望去，是一大片連綿起伏的白色山巒。

第一段寫完之後，剩下的篇幅幾乎全部都是對話。對話的內容圍繞在同一個主題上：男主角希望女主角墮胎。

試著想一想，如果墮胎這件事發生在現實生活中，那麼男女雙方肯定吵翻天，但海明威筆下男女主角的爭執，是在水面底下發生的，所以如果讀者不把耳朵貼近水面，那麼大概什麼也聽不到。

以底下這一段對話為例：

●〈白象似的群山〉，海明威／著（一九二七年）

女主角望著遠方連綿的白色群山，若有似無的說：「那些山看起來像一群白象。」
男：「我從來沒有看過什麼白象。」
女：「你是不會看過的。」
男：「我也許看過，你有什麼證據說我不曾見過。」

小說家海明威之所以擅長寫對話，和他所服膺的「冰山理論」有著密切的關係。所謂「冰山理論」意指冰山的密度比海水小，所以水面上看得見的冰山只有八分之一，其餘八分之七全部潛藏在水面底下。

這麼說，讀者應該就稍稍能夠理解為什麼這四句對話如此幽微難解了。讓我試著講解一下：前兩句對話是現實，女主角感性的說出她心底的感覺，但男主角卻以幾近科學的態度回應女主角。這時，女主角因為墮胎一事心底不好受，於是話中有話的說「你是不會看過的」，其實她心底真正的意思是「為什麼你永遠不懂我」，然而男主角卻只捕捉到字面上的意思，而且還以一種幾近孩子氣的強辯口吻反駁女主角。

上面這幾句對話，表面上看起來好像什麼都沒說，實際上它已經把男女雙方對墮胎這件事的感受全都說明白了，甚至還把女主角的細膩和男主角的孩子氣，一覽無遺的全都描寫出來了。

所以使用對話之前，請記得先提醒自己：對話不是水龍頭，不要一開，就流了滿滿一地。請試著用最少的字數，寫出一座「除了水面上還有水面下」的冰山。

第五章

小說進階功：開場、性格、形式

●傳說是真的，好小說寫到三分之一，就會自己寫下去

第7課——開場

全世界最好的小說開頭

東西自有它們的生命，只要喚醒它們的靈魂就行了。

——賈西亞．馬奎斯，〈百年孤寂〉

如果有人舉辦「全世界最好的小說開頭」票選，那我肯定把票投給〈百年孤寂〉（Cien años de soledad）。它的開頭是這麼寫的：「許多年後，當邦迪亞上校（Buendía）面對行刑槍隊時，便會想起父親帶他去找冰塊的那個遙遠的下午。」〈百年孤寂〉的作者是著名的魔幻寫實大家賈西亞．馬奎斯，內容梗概如下：

老邦迪亞年輕時，帶著他的部下翻山越嶺，來到了蠻荒野地馬康多（Macondo），隨後在此定居，開枝散葉，然而卻因種種緣故，到最後整個家族六代人（包括馬康多村）

灰飛煙滅，甚至從人類的記憶中消失。

小說裡最重要的主角並不是邦迪亞家族的源頭——老邦迪亞，而是他的二兒子，邦迪亞上校，小說開頭敘述的就是他。

這個小說開頭之所以好，有兩個原因，一個是表層的，一個內裡的。先來談一談表層。當我們翻開〈百年孤寂〉，讀到小說的第一個字時，讀者一下子從自己的時空跳到小說當下的時空。繼續往下，讀完「許多年後」四個字，讀者隨即被帶往小說的未來，那時邦迪亞上校正面對行刑槍隊，也就是正要被槍決。面臨生死關頭的邦迪亞上校這時想起了父親帶他去找冰塊的那個遙遠的下午，「想起」兩個字一出現，讀者又急急的往回奔跑，越過小說的當下，繼續向前奔跑，來到了小說的過去，那時邦迪亞上校還是個孩子，他正跟著父親和哥哥一起去吉普賽人的帳篷裡看冰塊。

看出來了嗎？開頭一小段話，快筆素描似的，一下子就把主人翁邦迪亞上校前後

●〈百年孤寂〉，賈西亞．馬奎斯／著（一九六七年）

數十年的生命輪廓描繪出來了。小說家技巧高超，像時間的魔術師，一出場就令人目眩神迷，因此不少初學者競相模仿起這一段經典開頭，於是出現了一堆類似的句子，如「××年後，當某某某如何如何時，他會想起○○年前，這樣那樣的一段往事」。

如果你把〈百年孤寂〉的開頭看成灑亮片、噴彩帶的小說炫技，那就大錯特錯了。前面說過了，這個開頭除了表層的好，還有內裡的好。事實上，小說家一開場就如龍鬚糖一般，拉出邦迪亞上校的生命軸線，目的是為了標誌出他生命中最重要的兩件事：面對行刑槍隊、找冰塊。

「面對行刑槍隊」重要，可以理解，但「找冰塊」哪裡重要？別急，聽我慢慢道來。

邦迪亞上校一生歷經三十二次革命失敗，到了九十幾歲仍嚷著要武裝他的十七個私生子推翻政府。這樣的一個人會走向「面對行刑槍隊」之路（革命失敗，差點被槍斃），不難理解，一切都是因為性格。

邦迪亞上校的性格其實早在童年時就顯露出來了，事情是這樣的，那一年邦迪亞上校還是個孩子，父親帶著他和哥哥花錢買門票到吉普賽人的帳篷裡，看一樣神奇的東西——冒著白煙，巨大而透明的冰塊。父親要兩個兒子摸一摸冰塊，感受一下這個看起來像「世界上最大的鑽石」的怪東西。面對從未見過、冒著不明白煙、充滿未知凶險的冰塊，哥哥退縮了，但是邦迪亞上校卻勇敢的伸出手，迎向前去，「好燙呀！」他驚異的叫著。

看似不起眼的一件童年往事，成功的描繪出邦迪亞上校的性格；勇敢堅毅，無懼任何凶險與權威，正是這樣的性格，引領著邦迪亞上校走向後來的革命之路。

觸摸冰塊是邦迪亞上校的性格，而面對行刑槍隊則是他的命運，一個極小，一個極大，「極小」在時間的長河裡慢慢引發了「極大」。開頭一小段文字，已經為「性格決定命運」（在創作裡，這句話的重要性大約等同於物理界的牛頓「萬有引力定律」），做了史上最簡單，但卻最傳神的詮釋。

第8課——性格I

性格決定命運

他決定不能單憑幻象或是幽靈的話行事，那也許是出於一時的錯覺，他一定要找到更確實的證據。

——莎士比亞，《哈姆雷特》

有一種說法是這樣的：當小說寫到三分之一時，小說就會脫離作家的手，自己接力寫下去。這種說法會不會太不可思議？

一點也不！不過精確一點的說法應該是，當小說人物的性格確立之後，那麼他便脫離了作家的掌控，擁有了自己的意志。從此，無論前方有多少條路，他都知道自己應該選擇哪一條。

所以重點不在三分之一，那只是一種籠統的說法，重點在於何時你才能把人物的性格刻劃出來，讓他走自己的路，也就是人物的性格決定了人物的命運，而不是小說家決定了人物的命運。

舉個簡單的例子，有位計程車司機開著車，突然「砰」的一聲，撞到東西了，他不由分說，就從後座抽出鋁棒，氣沖沖的下車，準備找人理論，不過繞著車子轉了一圈之後，只看到凹陷的引擎蓋，以及一根半倒的電線桿，這時他才悻悻然的回到車上。

簡單幾筆素描，就把一個躁跳、魯莽的人物性格，栩栩如生的描繪出來了。

或許有人會覺得，上面的小人物距離「性格決定命運」也未免太遙遠了，雖然人物性格活靈活現，但日常生活裡了不起就是撞個車，開張紅單，或挨那麼一頓揍，把命運這麼大的帽子扣在他的性格之上，也未免太Over了。

沒錯，在現實人生中，「性格決定命運」這句話確實過於沉重、武斷，我個人認為適用於這句話的人約略只有五成（其實已經相當高了），天賦、意外，以及其他的可能性占了一半；但在文學或戲劇裡，這句話幾乎成了定理，原因在於「戲劇性」。小說

●《哈姆雷特》，莎士比亞／著（約一五九九年）

人物不是你的左鄰右舍，過著日復一日的求學、戀愛、婚姻、工作，重複性高得嚇人的公式化人生。為了戲劇性，小說人物大多身處於扭曲不協調甚至凶險的環境裡。

以莎士比亞（William Shakespeare）四大悲劇之一《哈姆雷特》（*Hamlet*）為例，故事梗概如下：

丹麥王子哈姆雷特的父王猝死，死因不明，隨後叔叔自行宣布繼承王位，並娶了皇后為妻。一連串啟人疑竇的事，讓人不得不懷疑這一切都是叔叔搞的鬼。哈姆雷特的母親改嫁當天，父親的鬼魂現身，證實了他的猜測，父親確實是被叔叔害死的。原本應該是個報仇雪恨的故事，卻因為哈姆雷特優柔寡斷的個性，而起了質變。哈姆雷特報起仇來，瞻前顧後，不乾不脆，所以在整個復仇過程中，他的個性成了最大阻礙，雖然最後成功報了父仇，但卻賠上了自己和愛人的性命。

劇本裡有一句非常著名的話「To be or not to be, that is the question.」，做或不做（復仇）正是哈姆雷特的困擾，優柔寡斷的性格帶領著他，在命運的雙岔路上來來回回，直至無法挽回的悲劇發生。

事實上，優柔寡斷並不是什麼致命的性格，然而一旦置身於凶險的環境之中，原本不過是自做自受之類的小小倒楣事，就被放大成一樁無可挽回的悲劇。

「To be or not to be」，當小說人物面臨命運的抉擇時，性格便會自動跳出來，在前方引領，走向必然之路，一如底下這個著名的抉擇。

赤壁大敗之後，曹操如喪家之犬逃到一個雙岔路口。眼前一條大路，一條小路，大路風平浪靜，小路烽煙四起。如果是你，你會選擇哪一條？「實中有虛，虛中有實。」曹操說完這句話之後，就信心滿滿的走進可疑的小路。小路裡，關羽正坐在馬背上，手持青龍偃月刀，等著因為性格如此，於是命運必然這般的曹操到來。

從此，小路聲名大噪，它的名字叫華容道。

第9課 性格II

悲劇的源頭

「老天爺！你該不會也以為我瘋了吧！」瑪麗亞表現出目瞪口呆的驚訝。

「怎麼會？不過如果你留在這邊一段時間，對每個人都好……」

「可是我已經跟你說過，我只是來借個電話！」瑪麗亞忍不住對丈夫大叫。

——賈西亞．馬奎斯，〈我只是來借個電話〉

如果真有那麼一句話，是小說創作的唯一準則，我會把票投給「性格決定命運」。

二〇〇八年網路流傳「最離奇、最不可思議事件排行榜」中，有一則是這樣的：

非洲辛巴威（Zimbabwe）有位司機，載著二十名病患到布拉瓦約（Bulawayo）的精神病院，但他中途停車，到一家非法酒吧喝酒，喝著、喝著，精神病患趁機全逃了。

怕被炒魷魚的司機異想天開，把車子開到附近的公共汽車站，以免費為名，招來二十名乘客，然後把他們統統載到精神病院。為了圓謊，他還刻意告訴病院的工作人員，因為疾病的緣故，這些「病人」腦子裡充滿了幻想，容易情緒激動的胡言亂語，所以千萬不要相信他們的話。

就這樣，二十名正常人被當成精神病患，三天後這個荒謬至極的謊言才被戳破。

馬奎斯曾寫過一篇類似的小說〈我只是來借個電話〉（I Only Came to Use the Phone），只是切入的角度變了，從司機變成被他騙來的正常人。故事梗概如下：

主人翁瑪麗亞（Maria）回家的路上，車子拋錨。

急著找電話向丈夫報訊的瑪麗亞，求助於一輛正好經過的破巴士。

就這樣，瑪麗亞上了巴士，車上坐滿不同年齡、形貌各異的女人，唯一的共通點是她們都很安靜，一個個都裹著毛毯睡著了。

●〈我只是來借個電話〉，賈西亞．馬奎斯／著（一九九二年）

瑪麗亞無視這詭異景象，一心想找支電話，於是搭上巴士，開往奇異的旅程。

巴士在雨夜的公路，開著、開著，疲憊的瑪麗亞睡著了。

等她醒來，已經置身於一群精神病患之中。

「我跟她們不一樣，我只是來借個電話。」瑪麗亞不斷向所有人解釋，但包括醫生、院長、舍監在內，沒人相信她的話。

初看小說，大部分的人都會被這個荒謬又悲傷的故事驚嚇。荒謬容易理解，至於悲傷，請容我引一小段，瑪麗亞在精神病院裡的生活。

有一天晚上，瑪麗亞實在悲不自勝，就用鄰床女人聽得見的聲音問：

「我們在什麼地方？」

鄰床女人用莊嚴清晰的口吻回答道：

「在地獄裡。」

然而第二次、第三次看這篇小說時，我不知不覺轉換了觀點，從主人翁瑪麗亞跳到她的丈夫身上。

丈夫是唯一能救瑪麗亞的人，但他為什麼沒有伸出援手？

答案是——當事情發生的時候，已經悄悄發生一段時間了。

小說對丈夫有詳細的心理描寫，但讀者目光全被戲劇張力十足的瘋人院劇場拉走。

丈夫名叫撒坦諾（Santano），他是瑪麗亞的第三個男人，某次瘋狂做愛之後，瑪麗亞突然消失了。當撒坦諾費盡千辛萬苦找到瑪麗亞時，她給出的理由是：「愛有短暫的愛和長遠的愛，而我們是短暫的愛。」

很傷人的答案，撒坦諾認輸離開了，沒想到一年後，瑪麗亞突然回來了，而且是穿著新娘禮服回來。

原來瑪麗亞被第四個男人拋棄了——天主教堂的結婚典禮，未婚夫卻沒有出現。

這次換瑪麗亞認輸，她回來依靠撒坦諾。撒坦諾問她：「這回能維持多久？」瑪麗亞給了一個很漂亮的模糊答案：「愛能持續多久，就永恆多久。」

就這樣，瑪麗亞和撒坦諾的愛維持了兩年，直到瑪麗亞突然「再次」消失。

如果你是撒坦諾，這次你會怎麼想？

撒坦諾內心的創傷跳出來告訴他，又來了，這個女人又來了，她口中「永恆」的盡頭終於到來了。但有一天，她會再回來，在第五個男人身上受挫之後。

然而這次的受害者是瑪麗亞，但不知情的撒坦諾，卻堅信自己才是受害者。幾個月之後，受不了的瑪麗亞屈服於精神病院的潛規則，以性交易為代價，請女舍監幫忙傳訊息給丈夫。

然而當丈夫出現時，他對瑪麗亞說的是「現在一切都過去了」，但緊接著下一句是「我每個星期六都會來」。

是的，丈夫選擇相信看起來很正常的病院，而不相信被搞急、搞亂的瑪麗亞。瑪麗亞難以置信，像個真正的瘋女人尖叫起來：「我只是來借個電話。」之後，丈夫又來了精神病院五次，但瑪麗亞都拒絕見面，連信也不收，直到丈夫永遠離開。

如果必須幫瑪麗亞的悲劇找出一個源頭，我很想指向丈夫，至少是司機、醫生、院長、女舍監，或者是整個國家體制、社會教育，但最後的最後，我終究只能說，這是一則關於性格決定命運的故事。

第10課──形式

小說的人類進化圖

張三舉起兩隻手反覆看了又看，記起父親活著的時候告訴過自己，一個沖床工到老了還有十隻手指頭是非常難得的。想到這個張三就高興起來了。

──陳村，〈一天〉

拿出歷史課本，翻開第一頁，那是一幅「人類進化圖」：人類從遠古時代雙手垂地的黑猩猩，慢慢變成人猿，然後愈長愈高、愈站愈直，最後終於長成和你我一個模樣的現代人類。

這張人類進化圖最大的特色，就是無視於時間的存在。它把不同時期的人類，依序擺在同一個平面上，目的是為了讓讀者一目了然，「嘩，原來人類是這麼來的！」這種感覺很像有人拿熨斗，把不同厚度的人類時間燙平，然後一個一個揪出來，整齊的擺在一塊兒。

小說有沒有可能運用這種「人類進化圖」的技巧，把時間一一燙平，讓讀者看了，一目了然的發出「嘩，原來張三就是這樣過了一生啊」？

當然可能！大陸小說家陳村的短篇小說〈一天〉便運用了這樣的技巧。

一大早，主人翁張三就被母親叫醒，因為從今天開始，他就得到工廠當學徒賺錢養家了。然而都還沒走到工廠，張三就突然告訴我們，他已經娶老婆了。開工不久，在工廠機器「匡噹匡噹」的運作聲響下，張三又突然告訴我們，今天他收了一個學徒了。之後，張三的體力漸漸不行了。同樣是今天，張三就要離開他工作了一輩子的工廠，他的徒弟們還幫他搞了個「光榮退休」的餞別會。

等一等，張三不是今天才第一天上工嗎？怎麼一天之間，張三就從少年，變成中年，最後變成了老年呢？他得了急急如律令的早衰怪症嗎？

用一個比較簡單的說法，那就是張三的「一天」等於十七歲的早上，加上四十歲

●〈一天〉，陳村／著（二〇〇八年）

的中午，加上七十歲的老年。

作者為什麼可以用一天的時間來寫張三的一生呢？察覺到了嗎？因為張三的每一天都是重複的一天，所以張三的一生等於無數個並置的一天。每一天的早上、中午、晚上都是大同小異的，於是作者採用一天的形式，寫張三的一生。

小說家用高妙的「形式」技巧，把一個枯燥乏味的故事，變成了一篇絕妙的小說。就像大廚把一些平凡到不行的食材，炒成一桌令人驚豔的國宴一樣。

除了「一天」這個絕妙的形式之外，作者同時採用了一種與這個故事非常相稱的語言來說故事。舉其中一個小段落為例：

> 張三小時候爬到路燈桿子上去過，張三的父親知道了就打張三的屁股。張三現在長大了，不會再爬上去了。張三爬上去也沒人打他屁股了。張三一想到自己被父親打屁股，心裡還是很想父親的。

這樣的說故事方式，乍看之下，樸拙到有點可笑，明明一句話就可以講完，作者卻偏偏用一種「前進五步後退三步」，平板、無趣，且不斷重複的醉酒方式來敘述，像極了某人的喃喃自語。然而正是這樣的敘事語言，把「一天」的故事內容和表現形式，密密的縫合了起來。

這時敏銳的讀者可能會問，難道為了符合故事的內容（無聊的人生），小說就非得這麼一路無趣、枯燥的發展下去，直至結束嗎？

當然不是！故事最後，小說家讓退休的張三舉起自己的雙手反覆看了又看，這時他記起了父親活著的時候告訴過他的話，一個沖床工到老了還有十隻手指頭是非常難得的。想到這個張三就高興起來了。

張三高興了起來，讀者卻難過得流下了眼淚。

如果沒有這個絕妙的結尾，〈一天〉仍是不凡的「一天」；但有了這個結尾，讀者在閱讀當下瞬間洶湧而上的情感，會全部倒流回去，把前面那些平凡無奇，像工廠機器一樣冰冷、堅硬的人生敘述，全都溫熱、柔軟起來。

人類進化圖式的形式手法，將張三無趣的一生，打造成小說非凡的一天。

第六章

小說上乘功

● 有一千個讀者，就有一千個哈姆雷特

第11課——象徵

世上最艱難的工作

我們知道樓上有一間房間四十年來都沒人進去看過，看來得破門而入了！大家等到艾蜜莉小姐入土之後才打開房間。

——福克納，〈給艾蜜莉的玫瑰〉

先後獲得諾貝爾文學獎的兩位美國作家，福克納（William Faulkner）和海明威，兩人文字風格完全相反，福克納晦澀，海明威簡潔。對此，他們曾有過一番唇槍舌劍。福克納話中帶刺：「沒聽說過有誰會因為讀海明威，而需要查字典。」海明威不以為然：「可憐的福克納，難道他以為只有難字才能表達複雜情感嗎？」

以上這段隔空喊話，並不是要討論文人相輕或瑜亮情結，而是要來聊一下「查字典」這件事。

難道只有難字才需要查字典？錯，簡單的字也需要查字典。福克納著名短篇小說〈給艾蜜莉的玫瑰〉（A Rose for Emily），全文裡沒有出現玫瑰啊！玫瑰究竟在哪裡？它代表了什麼意思？

非常有趣，福克納逼得我們必須去查字典。看來，海明威是對的，但只對了一半，因為我們要查的不是難字，而是「Rose」這個簡單的字。

但別急著查字典，讓我們先把艾蜜莉的故事說完，再來查字典。

〈給艾蜜莉的玫瑰〉小說開頭是這樣寫的：

> 艾蜜莉小姐死了，全鎮的人都去送葬。男人是出於敬慕之情，因為一個紀念碑倒下了。女人則大多出於好奇心，想看看她的屋子。

這段開頭一下子就帶出了幾個最重要的訊息。

首先，艾蜜莉死的時候，已經七、八十歲了，但之所以稱呼她「小姐」，是因為

●〈給艾蜜莉的玫瑰〉，福克納／著（一九三〇年）

她終生未嫁。

其次，男人把她當成紀念碑，是因為艾蜜莉出身望族，終其一生都潔身自愛，完全符合人們的期待，因此把自己活成了一座紀念碑。就像死了老公的女人一樣，守寡至死，最後人們頒給她一座貞節牌坊作為表揚。

最後，女人對她的屋子感到好奇，表面上是她的房間已經有四十年沒人進去過了，實際上是……她的房間裡確實藏了一些祕密。

散發著惡臭的祕密。

隨著小說展開，敘事者帶領讀者，從最周邊一層又一層的逼近艾蜜莉的房間，直到最後一刻才打開房間，讓讀者看到艾蜜莉的祕密。

一個暫時還不能說的悲劇。

悲劇往往是從一件好事開始的。

鎮長下了一道命令：「從艾蜜莉父親去世那一天開始，一直到艾蜜莉去世為止，都不用納稅。」

人是這樣的，別人給了你權利，就會希望你盡一些義務。或者正好相反，別人給了你權利，你就會自認為應該盡一些義務。權利往往伴隨著義務，而這就是悲劇的來源。

父親生前，趕走所有的青年男子。父親死後呢？艾蜜莉總算自由了，她這下子終於可以自由去愛了吧！

不，不行，因為艾蜜莉沒有繳稅，所以她得盡義務，當個稱職的紀念碑。前任鎮長過世了，後來的鎮長，包括所謂的政府當局，三番兩次、軟硬兼施，向艾蜜莉施壓，要她繳稅，但艾蜜莉卻回以「我在傑弗遜無稅可繳」。

當權利消失，艾蜜莉卻依然死抓著不放，這時的她就得拿更大的代價來換，把義務盡得更徹底——活得更符合人們的期待，所以當有人說「這是全鎮的羞辱，這是青年人的壞榜樣」時，艾蜜莉就得放棄她的愛，不管她愛得有多瘋狂。

故事最後，艾蜜莉老了，死了，好奇的女人們終於一償宿願，得以進入艾蜜莉的房間。她們看到的是——床上躺了一具死屍，保持著擁抱的姿勢，死屍旁邊是一個枕頭，枕頭凹陷，上面有一綹鐵灰色的頭髮，那是艾蜜莉的頭髮。

原來，為了符合鎮民的期待，以及平息內心的狂暴，艾蜜莉殺了她的愛人，並與愛人屍體同床共枕，相擁而眠四十多年。

好，我們現在終於可以查字典了。

玫瑰是什麼意思？

小說開始時，玫瑰就是玫瑰，具體的、直白的，那是艾蜜莉過世時，鎮民朝她棺木裡丟進去的祝福，同時也是告別。

然而，隨著小說展開，鎮民一聲聲虛偽的叫著「可憐的艾蜜莉」，玫瑰開始變質，它不再是祝福，而是渾身帶刺、鮮豔如血，逃不了的詛咒。

最後，關於玫瑰，字典上的解釋，玫瑰花、玫瑰色……這些都不重要。重要的是最後一個「安樂的境地；容易的工作」。例如「Life isn't all roses.」，人生不全然是玫瑰——人生無法事事如意。

給艾蜜莉的「玫瑰」，是一個安樂的境地，一份容易的工作？

正好相反，小說家福克納拿玫瑰作為象徵。

所謂「象徵」，是指拿具象的東西來表現抽象的觀念或情感。

例如給艾蜜莉的「玫瑰」，從最初的愛與祝福，慢慢變質成帶刺的詛咒。最後成了反諷，給艾蜜莉的「玫瑰」，是凶險的惡地，一份世界上最艱難的工作——殺了愛，才能得到愛。

玫瑰不只是玫瑰，一個詞就有多種涵義，這就是文學，就像那句老話：「有一千個讀者，就有一千個哈姆雷特。」

第12課——多重意涵

不求回報的禮物

「她付出了一個人所能給的最高價錢。」他說：「她傾囊而出。」

——歐斯勒，〈藍色串珠項鍊〉

關於「有一千個讀者，就有一千個哈姆雷特」這一類的小說，我個人最喜歡的是美國作家歐斯勒（Fulton Oursler）的〈藍色串珠項鍊〉（A String of Blue Beads）。

故事很簡單，有個小女孩到禮品店買聖誕禮物，給相依為命的姊姊。她挑中了一條昂貴的藍色串珠項鍊，沒想到老闆卻以極度便宜的價格賣給了她。

隨後，小女孩的姊姊也來到禮品店，她問老闆為什麼給妹妹這樣一個珍貴的禮物？

故事到這裡暫時打住，我們晚一點再來回答。

第一次讀到〈藍色串珠項鍊〉，我腦中同時浮現兩部作品，一個是以意外著名的小說家歐．亨利（O. Henry）的〈聖誕禮物〉（The Gift of the Magi），另一個則是日本推理小說家東野圭吾的《嫌疑犯 X 的獻身》。

想起〈聖誕禮物〉非常合理，因為它和〈藍色串珠項鍊〉同樣以聖誕禮物為核心展開故事，同樣利用禮物來描寫主人翁背後的動人情意。

但為什麼想起《嫌疑犯 X 的獻身》呢？

它的故事梗概如下：

對人生絕望的數學天才石神，正要上吊自殺的那一瞬，新搬來的鄰居美女花岡帶著女兒，按了他家的電鈴。鈴聲意外打斷了石神，當時他的脖子已經套在繩索上了，更重要的是按電鈴的女人花岡的笑容，意外讓石神得到了活下去的動力。

某天，重獲新生的石神，發覺花岡不對勁——她殺了自己的丈夫。隨後，石神用他的天才頭腦幫花岡脫罪，直到藏不住真相時，他出面自首，為她頂罪。

●〈藍色串珠項鍊〉，歐斯勒／著（一九一三年）

石神獻身的原因是什麼？

他能從中得到什麼具體的好處嗎？

沒有，完全沒有。作者東野圭吾說：「這是我所能想到最純粹的愛情，最好的詭計。」

「不求回報」正是最純粹的愛情；「不求回報」同時也是最難理解的詭計。

關鍵字出來了：不求回報。

現在讓我們回到〈藍色串珠項鍊〉，故事裡的姊姊無法理解禮品店老闆為什麼要給妹妹這樣一個珍貴的禮物？

老闆的回答很妙，他說：「你妹妹付出了一個人所能給的最高價錢。她傾囊而出。」

雖然姊姊還是不了解，但讀者都懂了，男主角給出了一個看似不合理，然而實際上卻無比動人的理由——小女孩帶來了男主角最思念的愛人身影啊！

小女孩金黃的頭髮、藍色的眼睛，跟男主角死去的女友一模一樣。藍色串珠項鍊本來是要送女友的禮物，然而一場意外，撞死了他的女友。

表面上，小女孩什麼都沒做，她只是來買聖誕禮物給相依為命的姊姊。

同樣的，《嫌疑犯 X 的獻身》裡的花岡，表面上什麼也都沒做，她只是來跟新鄰居打聲招呼。

小女孩和花岡都只是一個小小的、無心的靜電，但她們卻意外撞上了超級石油庫，以致於引發了大爆炸。

〈藍色串珠項鍊〉的故事還沒結束，「意外」來了後，接下來是最重要的「轉彎」。男主角送出去的聖誕禮物，帶回了另一份聖誕禮物——小女孩的姊姊來了，她同樣是金黃頭髮、藍色眼睛，比起小女孩，更像男主角的女友。

「可是您為什麼要這麼做？」小女孩的姊姊問。

男主角沒有回答，只是把包裝好的藍色串珠項鍊交還給她，然後說了一句乍聽尋常無奇，實則怦然揪心的話。

「已經是聖誕節了。而我很不幸的沒有別人能讓我送禮物。能讓我送您回家嗎？我衷心祝您聖誕快樂。」他說。

小說最後是這樣描述的：

於是，在不停響著的鐘聲裡，彼得和一位他還不知道姓名的女性，走向一個充滿希望和幸福的新開始。

哇哇哇，藍色串珠項鍊，同樣一個東西，卻有如此多重的禮物意涵。

一開始是男主角要送給女友的禮物，這是愛情，此其一也。

隨後變成男主角送給小女孩的禮物，這是移情，此其二也。

而小女孩之所以買禮物是要送給相依為命的姊姊，這是親情，此其三也。

最後老闆以送聖誕禮物為由，送小女孩的姊姊回家。

送來送去，禮物又回到了男主角身上，他送給了自己一份充滿「希望和幸福」的聖誕禮物。

這個世界往往是這樣的，不求回報之人，常常會失望，因為大都會有回報。

第七章

說故事的人

● 別相信任何人，包括枕邊人，以及你自己

第13課 敘事者

誰來說故事最好

他的鞋子、衣服全都濕透而且冰冰冷冷的。他們簡直猜不透，在這麼可怕的夜晚，他到底上那兒去啦！

——歐・亨利，〈最後一片葉子〉

閱讀小說的時候，讀者接收到的訊息全是透過小說中的敘事者而來的。所謂敘事者，就是說故事的人。敘事者知道多少，讀者就跟著知道多少。所以同一個故事，往往因為敘事者的不同，而有了迥異的面貌。想想各說各話的〈羅生門〉（見第四十四課）就可以理解了。所以在小說中，敘事者的選擇，往往決定了故事的走向。

上小說創作課時，我常常口述一個簡單的故事，然後請學生一一上台轉述我剛才說的故事。由於每個人說故事的語氣以及著重的焦點不一樣，以致於同樣一個故事，在不同人口中，有著完全不一樣的面貌。

我最常說的簡單故事是歐・亨利〈最後一片葉子〉（The Last Leaf），簡述如下：

故事主角有三個人，分別是年輕女孩喬安娜（Joanna）和蘇（Sue），兩個一心想當畫家的女孩。另一個是樓下的鄰居，沒沒無聞的畫家，老人伯曼（Behrman），雖然年紀一大把了，但還是一心想畫出一幅偉大的傑作。

故事一開始，喬安娜染上死亡機率高達九成的肺炎，如果想活下來，非得有堅強的求生意志不可，然而喬安娜偏偏覺得自己就像窗外的老常春藤，等上面的葉子全部掉光時，就是她生命的終點。

這一天，蘇想畫一幅關於礦工的畫，於是請老伯曼充當她的模特兒。在畫圖的過程中，蘇把喬安娜的狀況說給老伯曼聽。老伯曼邊聽，邊看著窗外只剩下幾片葉子的常春藤，然後邊流眼淚，邊責罵喬安娜的愚蠢。這時，蘇完全不知道老伯曼已在心底下了

●〈最後一片葉子〉，歐・亨利／著（一九〇七年）

一個重大的決定了。

經過一夜風雨，隔天喬安娜醒來，窗外的常春藤只剩下最後一片葉子了，她相信最後一片葉子很快就會掉落，而她會在同一時刻死去。然而又過了一天，最後一片葉子仍然頑強的高掛枝頭。喬安娜被最後一片葉子頑強的生命力激勵了，她說：「一定有什麼東西讓最後一片葉子留在那兒，好讓我知道我是多麼邪惡。不想活也是罪過啊……」

決定堅強活下來的喬安娜果真慢慢復原了，但這時卻傳來惡耗，住在樓下的老伯曼患了急性肺炎去世了。原來，窗外那片葉子是假的，它是老伯曼在真的葉子掉落的那一天晚上，冒著風雨畫好掛上去的——老伯曼終於完成了他生命中最偉大的傑作。

〈最後一片葉子〉是典型的歐．亨利小說，主題完整而明確，結局帶著強烈的意外性，既有教育的意味又有閱讀的興味，因此時常被拿來當作國高中生的閱讀教材。

我舉這篇小說為例，表面上是因為它的故事性強、人物簡單（三位），容易說明，然而真正的關鍵其實是因為它的「資訊不對等」。關於真假葉子的祕密，三位主角知道的程度剛好完全不一樣——老伯曼百分之百知道，蘇大約知道個五成，而喬安娜則完全不知情。

如果以老伯曼為敘事者，從他口中說出來的故事肯定和喬安娜完全不一樣，一個充滿了全知的同情與仗義，另一個則是充滿了未知的憤世與驚奇。但如果以蘇為敘事者呢？介於知道與不知道之間，從蘇口中說出來的故事就會十分接近我們現在看到的小說家歐・亨利的版本——先是意外，然後理解，最後感動。

誰來當敘事者最好？知道最多祕密的人？還是完全不知道的人？又或者是介於兩者之間的人？

表面上，看似介於兩者之間的人最好，但這裡的「好」，其實是相對的，而非絕對的。因為優秀的小說家都有化劣勢為優勢的能力，他知道如何從最不利的敘事者中，找到最有利的觀點。

繼續往下探究，一篇小說不只有多個敘事者可以選擇。事實上，選定敘事者之後，每一個敘事者還有多種「敘事觀點」可以選擇。就像一棵枝葉茂盛的大樹一樣，主幹之外是分枝，分枝之外又有側枝……層層且密密。

第14課——敘事觀點

我的三稜鏡母親

> 黎明前的河水想必是黑沉沉的。你只在岸上留下了個臉盆，早晨八點鐘，離農場三里遠的地方，放鴨子的社員在河面上發現了你。
>
> ——高行健，〈母親〉

上一課提及敘事者，這一堂課我們接著談敘事觀點。一般而言，敘事觀點分成第一人稱「我」、第三人稱「他」，以及全知觀點三種。

所謂第一人稱觀點，就是由小說裡的角色「我」來說故事（分成主角和旁觀者兩種），由我來告訴讀者我所知道的事。要特別注意的是，我只能描述別人的外部動作，而不能透露其內心意識，因為我沒有那個能力。

至於全知觀點，則是由一個獨立於小說之外的人來說故事，有點像是由神來說故事。既然是神，那麼當然無所不知，包括小說裡每個人的外部動作、內心意識，因此讀者也就跟著無所不知。

第三人稱觀點則是全知觀點和第一人稱觀點的綜合體。說故事的人獨立於小說之外（同全知觀點），但只聚焦在某一角色「他」身上，他以外的所有人，只知其外部動作，不知其內心意識（同第一人稱觀點）。

一般而言，因為篇幅的關係，短篇小說大多使用單一固定觀點。但「世事無絕對」這句話特別適用於小說創作，底下舉高行健的短篇小說〈母親〉作為反例。

故事很簡單，一如小說的題目，敘事者反覆追憶自己的母親，一個因意外而去世的母親。其中，最令敘事者感傷的是，他沒見著母親的最後一面，不僅如此，連一個廉價的夢也沒有。母親這一走，就是永遠的走了。

然而特殊的是，〈母親〉的敘事者從頭到尾都是同一人，但敘事觀點卻不斷在我、你、他三者之間切換。列舉如下：

● 〈母親〉，高行健／著（二〇〇八年）

母親，我是你不孝的兒子……這些年來他一直在為自己奔波，心中什麼也沒有，只有他自己的事業，他是一個冷酷自私的人。

上面的段落，敘事觀點從「我」開始，後來變成「他」。

系辦公室的祕書走過來，對他說：「你什麼時候回家？」「已經訂票了，放假就走。」你竟然一點預感也沒有。家裡打來了電報，當然系裡老師沒有交給你，他們只是暗示了你快回去，你卻聽不出一點話音？

上面的段落，敘事觀點從「他」開始，後來變成「你」。

暑天屍體存放不住，等了你兩天兩夜，在你還在車廂裡晃蕩到家的前一天，屍體就火化了。母親，我是你不孝的兒子！他心中只有他自己。

上面的段落，敘事觀點從「你」開始，後來變成「我」，最後又變成「他」。

雖然人稱觀點頻頻切換，但小說讀來卻一點也不受影響，依然流暢自然。事實上，除非是眼尖的讀者，否則恐怕並不容易察覺，人稱觀點已經悄悄切換好幾輪了。

不同人稱之間的切換是隨機的嗎?當然不是，小說大部分用「我」這個敘事觀點來說故事，這部分很容易理解。但從「我」切換到「他」或「你」時，事實上「我」並沒有消失，只是退到比較後面、比較高的位置上，客觀的談起當時的自己是如何如何的，帶著那麼一點自己批判自己的意味。

試著想一想，如果小說從頭到尾都是我責備我、我咒罵我、我○○××我……那麼小說肯定很容易變得矯情。

雖然都是自己，但「你」和「他」其實還是有那麼一點點不同，「他」比較接近一個不在現場的人，而「你」則好像近在眼前。正因此，我、你、他的交錯使用，產生了一種時空的距離感，像是不同時空的自己，在同一時刻追憶自己的母親。

如果人稱的切換只是一次拋接三顆柳丁的雜耍，純粹為了炫技，那麼意義就不大。事實上，〈母親〉這篇小說的人稱變換，不只拉開了敘事的時空距離，更重要的是它豐富了情感的層次和內涵。從今而後，我不再是那個單一的我了，我是我、我也是你、我更是他，而我們的母親，照片上那個扁平的母親，在我你他三人接力追憶的過程中，逐漸隆起，成為一面三稜鏡，折射出多彩的光芒。

第15課——有問題的敘事者

真誠可信的謊言

抬頭仰望，星座的排列也十分古怪，他確信這種排列必定暗示什麼祕密的危險。

——畢爾斯，〈魂斷奧克里克橋〉

如果你發現，負責帶你進入故事的傢伙從頭到尾都在說謊，那你會有什麼反應？憤怒嗎？那可未必，說不定你還會對他充滿敬意呢！不信的話，畢爾斯（Ambrose Bierce）的小說〈魂斷奧克里克橋〉（An Occurrence at Owl Creek Bridge）可以證明給你看。故事梗概如下：

美國南北戰爭期間，主角華古（Peyton Farquhar）被北軍綁在鐵道橋上，即將執行絞刑（因為他意圖破壞敵方的軍事基地），當死亡的吊索拉起，意外發生了。繩索斷裂，華古掉到河裡，於是他展開一連串的逃亡，閃過槍林彈雨，避開漩渦激流，艱苦的爬上岸，馬不停蹄跑了一天一夜。他又累、又餓、腳底又痛，但是一想到妻子，他馬上又加緊了腳步。

最後，華古終於回到家了。

晨光明朗，映入華古眼簾的是透著光，迎風飄盪的白衣衫——高貴優雅的妻子正站在家門口迎接他。「天啊，她多美！」華古張開雙臂，正想上前擁抱妻子的時候……

這時情節急轉直下，華古突然覺得脖子一緊，眩目的白光一閃而過，然後黑暗、靜寂消滅了一切！華古死了，他那斷了脖子的屍體，在奧克里克橋下的河水裡，不停的浮晃漂蕩。

初看，這是一篇關於「回家」的小說，但最後謎底揭曉，敘事者華古說了一個連他自己都不知道的謊，所以實際上這是一篇關於「靈魂回家」的故事。

●〈魂斷奧克里克橋〉，畢爾斯／著（一八九〇年）

不知道你有沒有似曾相識的感覺，有不少好萊塢電影便是利用此一技巧（敘事者不知道自己已經死了）說故事，例如布魯斯．威利（Walter Bruce Willis）主演的《靈異第六感》（*The Sixth Sense*）、妮可．基嫚（Nicole Kidman）主演的《神鬼第六感》（*The Others*），它們都是利用有問題的敘事者，帶領觀眾走進一個又一個充滿各種可能性的詭異森林。

有不少初學者一看到「有問題的敘事者」，便直覺聯想到精神疾病患者。事實上，過於合理的安排反而容易使得人物卡通化——謎底揭曉時，讀者只看到一條腸子通到底的裝神弄鬼，沒有一丁點深度。

試著想一想，如果〈魂斷奧克里克橋〉最後的答案揭曉，主角是一名精神疾病患者，那麼讀者大概只會有受騙的感覺。正因為主角是一名強烈希望見到妻子最後一面的正常人，所以他的靈魂回家不只合理，還讓讀者為之動容。

此外，「有問題的敘事者」最終都必須面臨一個難題，那就是急轉直下的劇情。急轉直下的劇情是危險的，欠缺說服力，所以作者必須事先埋下伏筆。以〈魂斷奧克里克橋〉為例，小說裡的敘事者華古逃亡的時候，他強烈感覺到「脖子疼痛非常，他伸手一摸，腫得好可怕，他知道那裡有一圈繩子勒過的黑色淤血。他的眼睛又乾又澀，無法闔一下眼皮。他的舌頭焦乾浮腫，他把舌頭伸出，讓涼風吹散它的灼熱。這條人跡罕至的林蔭大道，地上的草皮多麼柔軟！他覺得腳下並沒踩到東西。」

發現了嗎？作者雖然耍了一點詐（障眼法），但它仍是一場公平的比賽，因為所有讀者應該知道的細節（華古之死），作者不只沒有隱瞞，而且還巨細靡遺的一一交代，一點也不怕露出馬腳（因為作者成功的塑造了一個真誠可信的敘事者）。

小說裡，真正發生的事是外在的「身體的死亡」與內在的「靈魂的逃亡」，但我們卻因為真誠可信的謊言，而看到了實際上並不存在的「身體的逃亡」。

有時候，小說的藝術性，就在於它施展了什麼魔法，讓讀者親眼目睹了現實世界裡不可能存在的事物。

第16課——聆聽者

誰來聽他說說話

那匹瘦馬嚼著草料，聽著，向牠主人的手上呵氣。姚納講得入了迷，就把他心裡的話統統對牠講了。

——契訶夫，〈苦惱〉

小說創作時，我們幾乎都把焦點擺在敘事者，也就是說故事的人身上，但聽故事的人呢？同一個故事會因為敘事者不同而有所差異，這很容易理解。但同一個故事會因為聆聽者不同，而有所差異嗎？

一提到聆聽者，多數的人會直覺想到讀者，但除了讀者，還有誰在聆聽故事呢？

這一堂課，我們就把焦點鎖定在小說的聆聽者身上。

底下舉俄國小說家契訶夫（Anton Pavlovich Chekhov）〈苦惱〉（Misery）為例：

馬車夫姚納（Iona）的兒子死了，傷心的他想找人傾訴。一開始，他傾訴的對象是他的乘客，但一連兩次，他一開口「我的兒子這個星期死了」，就再也說不下去了，因為他得到的是諸如「大家遲早都要死的」這一類冷漠的回應，沒人想知道馬車夫的兒子是怎麼死的。於是姚納轉而向僕人、馬車夫同行傾訴，他們應該不會拒絕他，因為他們是同一類的人。很不幸的，雖然理由不同，但同樣沒人願意聽姚納傾訴。

最後，姚納只能向自己的馬傾訴。「我已經太老，不能趕車了……該由我的兒子來趕車才對，我不行了……他才是個地道的馬車夫……只要他活著就好了……」姚納接著沉默了一會兒，繼續說：「就是這樣嘛，我的小母馬……庫茲瑪．姚內奇不在了……他去世了……他無緣無故死了。……比方說，你現在有個小駒子，你就是這個小駒子的親娘……忽然，比方說，這個小駒子去世了……你不是要傷心嗎？」

看完上面的故事，應該不難理解，小說為什麼叫〈苦惱〉。照理說，兒子死了，姚納的心情應該是悲傷，但卻因為沒人願意聽他說話，姚納的心情因而變成了苦惱。

●〈苦惱〉，契訶夫／著（一八八六年）

悲傷與苦惱有何差別？

一般而言，會從小說裡挑一個最合適的角色來當聆聽者，好讓讀者明白姚納的兒子是怎麼死的，博取讀者的同情，但優秀的小說家不要廉價的同情，他在意的是姚納。

所以小說家一點也不在意姚納的兒子是怎麼死的，他在意的是姚納屢屢遭受拒絕之後，心底的感受：「他渴望說話。他的兒子去世快滿一個星期了，他卻至今還沒有跟任何人好好的談一下這件事……應當講一講他的兒子怎樣生病，怎樣痛苦，臨終說過些什麼話，怎樣死掉……應當描摹一下怎樣下葬，後來他怎樣到醫院裡去取死人的衣服……聽的人應當驚叫，嘆息，掉淚。」

因此小說家一連挑了四組不同的聆聽者（好心乘客、壞心乘客、僕人、馬車夫同行），目的都是為了拒絕姚納，不讓他發洩心底的悲傷，好讓苦惱的能量不斷向上累積，最後再巧妙的安排馬兒出場，擔任終結者的任務。

因為沒有人願意聆聽，於是姚納的悲傷變成了苦惱。最後好不容易出現了聆聽者，沒想到居然是一匹聽不懂人話的馬，於是姚納的苦惱又變回了悲傷。

只是前後兩者的悲傷完全不一樣，一開始的悲傷與讀者一點關係也沒有，而最後的悲傷則完完全全屬於讀者，沒人能逃得掉。

第八章

時間幻術

● 最厲害的功夫是時間，不只順敘、倒敘，還有上帝的時間

第17課——時間 I
倒著走的人生

你已經十八了，你應該去認識一下外面的世界了。

——余華，〈十八歲出門遠行〉

我們先來看一篇網路轉寄的文章。

起初，我想進大學想得要死；隨後，我巴不得趕快大學畢業好開始工作；接著，我想結婚、想有小孩又想得要命；再來，我又巴望小孩快點長大去上學，好讓我回去上班；之後，我每天想退休想得要死；現在，我真的死了。

對普羅大眾而言，他看到的是「啟示」（活在當下），但對小說創作者而言，我看到的是「時間」。

起初↓隨後↓接著↓再來↓之後↓現在，依照時間發生的先後順序，敘述情節，也就是文學或戲劇中常說的「順敘」。

現實人生中，時間只有一種走法，那就是老老實實一步一步往前走，但在小說裡，時間可以倒著走，前滾翻，後空跳……像孫悟空的七十二變一樣。

就像某些競賽，分成有難度限制的指定動作和無難度限制的自選動作。小說時間的敘事手法也可以粗略分成這兩大類，我們就先來談談基本功：順敘、倒敘和插敘。

「順敘」很容易理解，前面已經提過。「倒敘」也不難，就是後發生的先說，說完再回頭說先前發生的事。「插敘」則有點類似一個順敘加上若干個倒敘，也就是在敘述某一件事時，頻頻插入相關、待說明，或先前發生過的情節內容。

雖然順敘、倒敘和插敘是小說時間裡，蹲馬步之類的基本招數，但只要運用得宜，一樣可以寫出不朽的作品，如大陸作家余華〈十八歲出門遠行〉。

小說開頭，背著紅色背包的少年在山區公路尋找旅店，找著找著，突然見到一輛

●〈十八歲出門遠行〉，余華／著（一九八七年）

載滿蘋果的汽車。少年上前攀談，並順利坐上了車，然而車子沒多久就拋錨了，但司機卻一副毫不在意的樣子。

這時前方來了五名騎自行車的農人，問少年車子裡是什麼之後，便開始一籮筐、一籮筐的把蘋果搬走。少年見狀，一邊阻止農人，一邊喊著、叫著，提醒在附近跑步的司機。但農人不只不聽，還把少年打得鼻青臉腫，才滿意的走了。

令少年不解的是，當司機回來看到蘋果被偷了，非但不生氣，還對著少年鼻子的傷口笑了起來。這時，前方來了更多人，這次他們不只把蘋果全部搬光，甚至連汽車玻璃、輪胎都拆下來帶走了。

少年大罵「強盜」，奮不顧身撲上前去，想阻止他們，卻被打得癱在地上。最後，倒在地上的少年看到難以置信的一幕：司機手裡抱著少年的紅色背包，跟強盜坐同一輛車走了。臨去前，司機還對著少年哈哈大笑。

如果故事結束在這裡，那麼〈十八歲出門遠行〉不過就是一篇關於涉世未深的少年被壞人騙了的悲慘小說。但小說家在這裡轉了個彎，讓遍體鱗傷的少年爬進只剩空殼的汽車裡，這時天色已經全黑了，什麼都看不見的少年回想起一件往事。

倒敘開始了……

一個晴朗的中午，剛從外頭玩完回來的少年，看見父親在屋裡整理一個紅色背包。

少年問：「爸爸，你要出門？」

父親轉過身，溫和的說：「不，是讓你出門。」

「讓我出門？」

「是的，你已經十八了，你應該去認識一下外面的世界了。」

後來少年就背起了那個漂亮的紅背包，父親在他腦後拍了一下，就像在馬屁股上拍了一下。於是少年歡快的衝出了家門，像一匹興高采烈的馬一樣，歡快的奔跑了起來。

故事結束在少年歡歡喜喜的背起紅色背包，想要認識外面（成人）的世界。注意到了嗎？順敘與倒敘之間，兩者的故事雖然一模一樣，但所呈現出來的內涵卻大不相同。順敘的故事，在結局處關注的是少年的悲慘遭遇，但到了倒敘的故事，結局的關注點卻轉移到少年對成人世界的嚮往，於是「十八歲出門遠行」成了一則隱喻，隱喻成人世界的失落。

僅僅一個時間的分岔，小說便頭也不回的往平庸和不朽兩條大道狂奔而去。

第18課——時間II

小說時間的花式跳水

韓先生是他最後一個崇拜的人，後來他就學會了不崇拜任何活著的人。

——黃凡，〈賴索〉

上一堂課，我們談的是小說時間的基本功：順敘、倒敘和插敘。這一堂課，我們來聊一聊小說時間的花式跳水：轉場。

在此之前，我們先來看兩場不同時空背景下拍攝的影片。

上一場：簡陋、悶熱的小旅館裡什麼都沒有，只有天花板上一台嘎啦嘎啦響的老舊電風扇，以及一名因為感冒而昏昏沉沉躺在床上的少尉。這時電話突然響起，原來是少尉的長官要他立刻銷假，去執行一個暗殺任務。感冒再加上暗殺任務，讓少尉頭痛得不得了，他無奈的望著頭上不停轉呀轉的老舊電風扇，視線愈來愈模糊。

下一場：直升機的大螺旋槳轟隆隆的轉呀轉，鏡頭往下帶，少尉已經著好軍裝，坐在直升機裡，準備深入敵區去執行暗殺任務了。

有沒有注意到，導演利用兩個「相似物」（轉動的電風扇和螺旋槳），就把兩場不相干的戲流暢的連接起來了，觀眾甚至沒有察覺到時間的流逝——現實人生中，少尉從掛上電話到坐上直升機，可能還發生了從床上彈起、穿上軍服、買感冒藥、坐車回部隊……最後才坐上直升機。

簡單來說，將前後兩場不同時空背景的戲連接起來，就叫「轉場」。

電影裡的轉場技巧，當然也可以運用在小說創作上，以下就舉小說家黃凡作品〈賴索〉為例。

小說內容與本課主題沒什麼關係，所以我們簡單略過，只單純來看小說中的一個片段，看小說家如何花式跳水一般，從一個場景漂亮且流暢的跳到另一個場景。

> ●〈賴索〉，黃凡／著（一九七九年）
>
> 青春期並沒有帶給他（賴索）多大的煩惱。他是班上最矮小的一個，坐在離講桌只

有一公尺的凳子上。日本教師不時的用手偷偷抓著下襠，他患了濕疹這一類的皮膚病，認為別人都看不到，他可錯了。

「支那！」日本人說：「統統跟我唸一遍。」

「機那。」賴索說。

「知不知道，你們不是支那人，你們是台灣人。」

「可是老師，」一個本地生問：「我祖父說我們都是跟著鄭成功從支那來的。」

「八個野鹿！」日本人罵道。口沫飛到賴索臉上，他舉起手來擦臉，發現臉上長了一顆顆的青春痘。

當這些青春痘開始膨脹，有幾顆甚至化了膿時，他正走在大稻埕的街上，一面走一面用指甲去擠，弄得臉上紅一片白一片，擠到第五顆時，同伴小林用肩膀撞撞他。

「快看！」小林壓低聲音說：「那不是田中一郎嗎？」

「哪個田中一郎？」

「兩年前教我們歷史的日本人。」

注意到了沒有？從賴索發現臉上長了青春痘開始，小說家就把鏡頭完全鎖在青春痘上，隨著賴索臉上青春痘的膨脹↓化膿↓擠痘痘↓臉上紅一片白一片，時間跟著一點一滴的流逝，當鏡頭重回賴索身上時，時間已經過了兩年。

一次漂亮且流暢的時間跳水完成了！

轉場是個漂亮的時間技巧，但如果一篇短短幾千字的小說，從頭到尾都在漂亮的轉場，那麼就像整型過度的美女一樣，反倒容易變得做作起來。在適當的高度，在讀者完全沒有察覺的時候，漂亮且流暢的一躍，才能激起最少的水花，獲得最多的掌聲。

第19課——時間III
無視於時間存在的將軍

他們都是可以無視於時間，並且隨意修改回憶的人。

——張大春，〈將軍碑〉

「現在」究竟有多長？一天、一小時，還是只有當下的一秒鐘？有心理學家研究指出，對人類而言，現在只有短短的八秒鐘，相對於沙漏般不斷積累的過去，以及無邊無際的未來，現在實在渺小得可怕。

因此很多小說家窮盡一生，就是想把短暫的現在，像黃金一樣，不斷的往各個時間的方向延展，最直接的方法，就是把過去和未來納入現在。可別以為只要把過去當成回憶，未來當成想像，那麼過去和未來就會自動變成現在的一部分，那你可就錯了，因為回憶的過去仍是過去，想像的未來仍屬未來；過去、未來、現在依然三者並行，誰也不隸屬於誰。

底下是小說家張大春〈將軍碑〉的故事，我們看小說家如何巧妙的把過去和未來納入現在，變成現在的一部分。

小說開頭這麼寫著：「除了季節交會的那幾天之外，將軍已經無視於時間的存在了。」但隨著故事往下走，讀者慢慢看出另一個事實。事實是……將軍活著的最後兩年，除了季節交會那幾天之外，他已經完全痴傻了，幾乎連半句話都說不出來了。

我非常喜歡「將軍已經無視於時間的存在了」這句話，一句話便逆轉了一切，將不堪的現實完全顛倒了過來：不是將軍傻了，被無情的時間挾持了，而是他完全無視於時間的存在，想去哪就去哪，想幹啥就幹啥，專橫、獨裁，一如既往。在小說家的妙筆下，將軍生前最不堪的兩年，依然活得傲慢、昂揚跋扈。

也就是〈將軍碑〉裡有兩個世界，一個是眾人認知的實相世界，另一個是將軍自己的神遊世界，巧妙的是這兩個世界同時存在，並且交互重疊。

●〈將軍碑〉，張大春／著（一九八六年）

說白了，正因為將軍獨特的精神狀態，使得故事一分為二。眾人認知的實相世界，情節極其簡單，描述將軍生前最後兩年的痴傻光景。將軍自己的神遊世界，情節極其繁複，描述昂揚闊步的將軍，一下帶著兒子，一下帶著管家、一下又帶著傳記作家，上窮碧落下黃泉，穿越時空，探盡他這一生中最重要的幾個時刻：八年抗戰輝煌戰役、親友為他死後立碑、妻子服藥自殺，以及與兒子之間的矛盾衝突。

因為有了過去和未來，單薄的現在開始有了歷史景深。父子間始終對不上焦的內在矛盾，也因為跨越了時空，而展開了雖然牛頭不對馬嘴，但卻更為深邃、悲涼的對話。

舉其中一段為例：

將軍從望遠鏡筒裡盯住維揚灰色的風衣漸行漸遠（維揚是將軍的兒子，而此刻他們父子身處的時空是現在）……看著看著，將軍已然穿透望遠鏡筒，越出焦距之外，穩穩的在山頭站定，等著他的兒子。「快啊！」將軍有些不耐煩，擔心維揚來不及看見他們第二十軍團重創日本……但維揚卻答道：「這裡什麼時候可以結束？我還要趕去上墳。」「上你媽的個墳！」「是上媽的墳。」「你給我回來！老子斃了你。這是中國的歷史，你知道不知道？」「爸，那是您的歷史，而且都已經過去了。」

推理小說界有句名言：「真相的範圍極小而明確，但錯誤卻是無邊無際。」我喜歡把這句話套用在時間上，「現在的範圍極小而明確，但過去和未來卻是無邊無際。」

無邊無際的未來容易理解，因為未來還沒發生，所以充斥著各種可能性。至於過去，雖然已經發生了，但人們常常因著各種理由，而將之扭曲變形，以便捏塑成符合自己需求的記憶。

從現實的角度來看，我們幾乎可以武斷的說：將軍老了，以致於傻了，一切都是他的幻想。但從創作的角度來看，將軍的現在只是輔助，過去和未來才是故事的主軸。

未來有無限可能。

至於過去，永遠在變動中。

活在當下，很好。不要被過去綁死，更好。懂得活用未來，超好。

第20課——穿梭時空 I
掙脫時間的三種方法

有些物理學家甚至認為，除了一般我們所認知的時間，組織人類事件發生的順序以外，還有另一個時間次元，其宇宙運作的方式完全迥異。

——電影《黑洞頻率》

有不少小說家喜歡穿梭時空的題材，原因在於它可以把人的想像力，從充滿限制的現實，輕輕鬆鬆拋到無邊無際的另一岸。然而就現實面而言，穿梭時空目前幾乎完全不可能，所以一旦涉及此一題材，小說家就必須面臨讀者的質問：為什麼你的小說人物可以穿越時空？

「是的，為什麼我的小說人物可以穿越時空？」小說家得給自己一個合理的答案。

底下舉三類電影，看看別人如何處理穿梭時空這個難題。

一、**《回到未來》（*Back to the Future*）：一步一腳印，實事求是的科學家精神**

有一個長得像愛因斯坦的瘋狂科學家，披頭散髮的他整天關在實驗室裡。終於有一天，他發明出有史以來最偉大的東西「時光機」，只要設定好年代日期，就可以穿梭來往不同的時空。然後，故事展開……

二、**《黑洞頻率》（*Frequency*）：從頭到尾不知是真是假的催眠暗示**

這一天，太陽黑子異常，空中出現北極光，無線電頻率大亂，然後……相隔三十年，處在同一空間的父子（一生一死）藉著無線電，莫名其妙的在空中相會了。

為什麼不同的時間次元會突然交會在一起？是太陽黑子造成的嗎？No、No、No，它們不過是鑲在故事背後的暗示罷了，是觀眾自己把它們連結起來的。

三、**《扭轉未來》（*The Kid*）：讓人又愛又恨的聰明無賴**

行屍走肉的中年男子，突然有一天遇見了童年的自己。中年男子在童年的自己身

●《黑洞頻率》，編劇：陶比．艾默李奇（Toby Emmerich，二〇〇〇年）

上，看見了消失許久的夢想與純真，也看見了自己為何會一步一步走向如此不堪的現在，於是一大一小兩個「我」通力合作，終於扭轉了中年男子未來的命運。一直到故事都說完了，觀眾還是不知道為什麼兩個「我」會莫名其妙出現在同一個時空，這時第三個「我」出現了。

中年男子問三十年後的自己（其實是幫觀眾問）：「這全是你安排的？」「你一定有很多疑問。」老人詭異的笑了笑，然後說：「你有三十年去找出答案。」

然後，電影結束。

多麼漂亮的迴旋踢啊！一個轉身，就輕盈的避開了穿梭時空這個難題！老人看似把難題拋回給中年男子，實際上是狡猾的丟回給發出質問的觀眾啊！

《回到未來》正面迎戰時間（我們之所以能夠穿越時間，完全是因為如此如此這般這般）；《黑洞頻率》將時間變成背景（我們也不是很清楚為什麼能夠穿越時間，很可能跟這個那個有關，你相信就相信，不相信我也沒辦法）；《扭轉未來》則是四兩撥千斤，一句話就把時間的難題踢到外太空去了。

表面上，《黑洞頻率》和《扭轉未來》看似非常不負責任，但我卻一點也不這麼認為，因為大眾電影應盡的責任是把故事說好，而不是把時間當成難纏的敵人，滿腦子想的都是如何對抗時間。

對一般人而言，時間是秒針追著分針、分針趕著時針，永遠無法擺脫的枷鎖，但對聰明的創作者而言，他知道自己應該像逃脫大師胡迪尼（Harry Houdini）一樣，即使雙手、雙腳被鐵鍊牢牢綁住，身體被鐵牢層層困住，最後再連人帶籠丟到大海裡，他一樣可以使出水中掙脫術，在滅頂之前，掙脫鐵鍊，打開鐵牢，瀟灑的穿出水面。

不需要斧頭，不需要炸藥，只要動一點小小的手腳就可以了，因為重點在於如何擺脫時間，而不是迎戰時間。

第21課——穿梭時空II

史上最可怕的咎由自取

我的目光落在床頭上方的《時間準則》：永遠不要把明天要做的事搬到昨天去做。

——羅伯特．海萊因，〈你們這些回魂屍〉

有個成語叫「咎由自取」，說的是所有的災禍都是自己惹來的，意思近於「自作自受」、「自取其禍」，例如伊索寓言裡〈運鹽的驢子〉。有一天，運貨的驢子不小心跌進河裡，這個意外讓牠發現背上的重物變輕了（溶化了大半）。幾天後，驢子又馱著貨物來到河邊，一心想偷懶的驢子故意跌進河裡，沒想到這次上岸後，差點被背上的重物活活壓死，因為這次牠運送的是會吸水的棉花。

如果我們把上面的故事簡化再簡化，可以濃縮成「因為昨日的驢子○○××，所以導致今天的驢子△」。如果將「時間」的間距拉大，從「昨日今天」變成「前世今生」，那麼故事就會變成「因為上輩子的驢子○○×，所以導致這輩子的驢子△」。

類似前世今生的因果報應，對某些人而言，雖然違背現實，但尚可理解，還能忍受。

現在我們再往前進一步，將前世今生的因果關係顛倒過來，變成「因為下輩子的驢子○○×，所以導致這輩子的驢子△」，也就是先有果，再出現因。

我想這時已經有讀者無法忍受了，但還沒完呢！

最後的最後，我們把「時間」的間距再一次拉大，除了「前世今生」之外，再加上「來生」——因為上輩子和下輩子的驢子○○×，所以導致這輩子的驢子△。

我想這時大部分的讀者精神都錯亂了吧！怎麼可能？除非……驢子能夠任意來回穿梭時空。

沒錯，唯一的可能就是「穿梭時空」。

我們接著介紹一篇史上最可怕的穿梭時空小說：海萊因（Robert A. Heinlein）的〈你們這些回魂屍〉（All You Zombies）。故事梗概如下：

●〈你們這些回魂屍〉，羅伯特．海萊因／著（一九五八年）

酒吧裡，一名潦倒的男子對老酒保訴說他離奇的人生。男子說他原本是個女孩，從小在孤兒院長大，後來和一個來歷不明的男子熱戀，誰知道有一天男子就莫名其妙人間蒸發，隨後她發現自己懷孕了。這時不可思議的事發生了，生產過程中，醫生赫然發現女孩是雌雄同體的陰陽人，如果想活命，就得摘除女性器官，徹底變成男兒郎。

歷經負心漢欺騙、從女孩變成男兒郎，原以為人生再慘不過如此了，沒想到隨後女兒又被陌生人綁架，至今音訊全無。

老酒保聽完故事之後，臉一沉對男子說，我有辦法幫你，但前提是你必須加入我們的祕密組織「時光旅行隊」。

就這樣，在老酒保的帶領下，男子穿越時空來到故事的起點。陰錯陽差之下，男子愛上一名女孩，並且害她懷孕，產下一名女嬰。

女嬰生下不久，老酒保就把她偷走，丟到十九年前的孤兒院。小女嬰長大之後，居然成了愛上負心漢的女孩。

另一方面，潦倒的男子隨著時光流逝，慢慢變成「時光旅行隊」裡最受人敬重的老酒保。有一天，他在酒吧裡遇見了一名潦倒的男子，男子跟他說了一個不可思議的離奇故事：他曾經是一名女孩……

看懂了嗎？故事裡的四個主角，從潦倒的男子、老酒保、女孩、女嬰全是同一人，他們穿梭在不同時空，以迥異的性別、身分，合演了一齣離奇的戲。

為什麼科幻小說家海萊因可以寫出〈你們這些回魂屍〉這樣離奇的故事？原因在於他膽敢違背時間運行的法則，一次又一次。注意，重點在「一次又一次」，一般人如果違背了時間法則，便會使出渾身解數替時間「圓謊」：這裡的時間之所以如此，是因為這般這般……解釋完，故事也差不多結束了。

而海萊因從「時光旅行隊」開始，一次又一次的挑戰讀者對時間的認知，他不在乎「如何」穿梭時間、不在乎男子「如何」愛上女孩、不在乎女孩「如何」變成男人、不在乎女嬰「如何」變成女孩、不在乎男子「如何」變成老酒保……一遍又一遍不在乎「如何」的結果，造成了想像力的大爆炸。

就像大蛇吞噬自己的尾巴一樣，牠純粹享受吞噬的快感，而完完全全忽略了痛，因為只要一意識到痛，奔騰的想像力就消失了。

想像力一旦消失，你只能繼續當你的時間公務員。

第22課——遲滯效應

悲劇發生的速度

我經常害怕疆界並不存在、害怕整個王國無遠弗屆，也害怕儘管趕了這麼多路，恐怕仍看不到盡頭。

——迪諾．布扎第，〈七信使〉

在這個到處充斥手機、ＦＢ、LINE的年代，所有訊息的收發都是即時的。如果有一天，你想傳達的訊息，得經過很長一段時間對方才收得到，那會發生什麼事？

前幾堂課，我們談了小說的時間技巧（基本功和花式跳水）。這一堂課，我們要談的還是時間，但這次時間不再只是小說的「技巧」，而是「內容」。

接著，我們就以義大利小說家迪諾．布扎第（Dino Buzzati）的作品〈七信使〉（I Sette Messaggeri）為例。

故事梗概如下：

小說裡的敘事者「我」是一位王子，他在三十歲那年出發去尋找他父親王國的邊界，目前他已經三十八歲又六個月了，仍然沒找到邊界，也就是說他還在半路上。

故事設定在一個沒有手機、網路，甚至連信鴿都沒有的時空背景裡，訊息的流通靠的是人，也就是信使。當年王子出發的時候，為了跟家人保持聯繫，於是帶了七個信使（一開始，王子還覺得自己帶太多人了）。

慢慢的，王子發現一件恐怖的事：信使的速度其實並沒有想像中的快，只比王子快了一倍半，也就是王子走四十公里路，信使頂多只能走六十公里（乍看之下，這好像沒什麼嘛！）。

假設王子走了一百公里之後，一名信使帶著王子的家書返鄉，而王子繼續往前走，那麼信使送完信，再回頭追上王子，是在幾公里處？二百公里處？三百公里處？……答

●〈七信使〉，迪諾・布扎第／著（一九四二年）

案是五百公里處（也就是說，王子走一年之後，信使出發回去送信，他得花四年才追得上王子，因此當兩人重逢時，總時間已經過了五年）。

什麼，你還感覺不出恐怖的地方？

好，讓我們繼續下去，如今王子已經足足走了八點五年了，如果現在有一名信使要將家書帶回家，然後再回頭追上王子，那麼等到他追上的時候，王子已經七十二點五歲了（8.5×5＝42.5，30＋42.5＝72.5）。

換句話說，如果王子不放棄、繼續探索邊界的話，那麼此刻（不過才短短的八點五年）他的七名信使都將離他遠去（全都在路上），他將徹徹底底變成孤孤單單的一個人，既無家鄉的訊息，也不知道邊界究竟在何方。

那麼他要忍受無邊的孤寂，繼續探索下去嗎？王子最後是這麼說的：

可是，多明尼克（信使的名字），還是去吧，別怪我無情呀！把我最後的話，帶回我的出生地去吧……喔！多明尼克，你走了之後就將音訊全無了，除非我終於找到那期待已久的邊界。但我愈往前走，就愈相信邊界其實並不存在。

邊界極可能並不存在，但王子決定一個人繼續走下去，多麼像創作這一行當啊！但這並不是這堂課的主題，所以我們繼續回到時間上。

不知道眼尖的讀者有沒有注意到，〈七信使〉這篇小說之所以成立的關鍵在於信使的速度是王子的「一倍半」，如果速度變成兩倍、三倍，甚至更快，那麼小說裡，王子孤單探索邊界的故事便不再存在。

顯而易見的，小說家迪諾．布扎第懂得去操控時間的速度閘門，他知道用什麼速度來傳遞訊息，才能讓王子在最適當的時刻（八年半以後）走到悲劇的中心。

這非常像河水的「遲滯效應」，當上游下起暴雨的時候，下游的人們仍在歡樂的戲水，只有小說家知道大水就要來了，就要帶走所有的一切了，至於是早一點好，還是晚一點好，厲害的小說家懂得控制河川的坡度，讓悲劇「發生」在最恰當的時刻。

或許有人會覺得小說裡的算術太難了，但請仔細想一下，這其實不過是國小國中就學過、比火車過山洞還簡單的數學問題罷了。

第23課 留白

消失的時間

就像黑洞一樣，如果時針逆時鐘走，分針順時鐘走，那麼一天中的哪個時段會從地球上消失？

——許榮哲，〈漂泊的湖〉

我喜歡胡思亂想，例如底下這個問題：如果有一天，時針突然吃錯藥，開始倒著走（逆時鐘走），分針和秒針還是正常的順時鐘走。那麼一天之中，有哪個時段會從這個地球上消失？

上面這個問題的核心在於：「時間有沒有可能因為某個意外，而突然消失？」如果有，會是在什麼樣的狀況下？當下，我所能想到最接近的答案是：當時針、分針和秒針重疊在一塊兒的時候，例如十二點整。正是這樣的想法，激發了我寫出長篇小說〈漂泊的湖〉的一個重要橋段「誰殺了哈勇」，故事梗概如下：

九二一大地震前夕，七歲的小男孩哈志遠偷偷擬了一份「殺人名單」，名單上只有一個名字，他的爸爸「哈勇」，他最憎恨的人。本來，這不過是無知孩童的惡戲，一個巴掌下去就解決了，沒什麼大不了。但問題是它「成真」了，哈勇被殺了。

誰殺了哈勇？

九二一大地震當晚，哈勇醉得不省人事，他的妻子下了一個痛苦的決定，她高高舉起尖刀，決定殺了眼前這個讓她痛不欲生的無賴丈夫，但老天爺分不清是悲憫，還是玩笑，居然在這個時候突然打了一個大噴嚏，於是大地震發生了。一陣天搖地動之後，燦亮的世界閃了幾下，魔術一般，一塊黑布鋪天蓋地落了下來。

所有的事情都在黑暗中完成了，當黑布再度掀開時，哈勇死了（因為大地震，時

●〈漂泊的湖〉，許榮哲／著（二〇〇八年）

針突然倒著走，於是某個重要的時刻真的從這個世界上消失了）。

問題來了，誰殺了哈勇？

(1) 大地震

(2) 妻子

(3) 兒子

每個人的選擇都和他所知道的多寡有關。

小說世界裡的人物選擇了(1)，因為他們知道的最少，所以無條件相信哈勇妻子的話：他是被地震壓死的。

至於一般讀者，在閱讀過程中探知了部分真相，所以同時選擇了(1)和(2)。不過深諳「黑暗之心」操作法則的世故讀者，在選擇(1)和(2)的同時，會以一種「你騙不了我」的狡猾笑容，刻意將身子的重心挪到(2)身上，因為他們知道唯有妻子的嫌疑遠大於地震時，痛苦、折磨，以及深度，才會彼此加成。

但別忘了，小說的敘事者是七歲小男孩，哈勇的兒子，他的選項才是最重要的。

對小男孩而言，他誤踩進了一個命定的時刻，西元一九九九年九月二十一日凌晨一點四十七分十二秒，時針、分針和秒針，因緣際會的重疊在一塊兒。

於是 (1)、(2)、(3) 都成了凶手。

然而隨著年齡的增長，三者居然不可思議的板塊位移起來。一開始，(1) 是全部，因為小男孩相信母親的話，父親是被大地震壓死的，這時小男孩的痛是喪父之痛。

慢慢的，(2) 追了上來，大地震當晚，母親高高舉起尖刀的那一幕，在未來的日子裡，不斷的拍打小男孩的肩膀，早熟的他背過臉去不敢面對，因為他明白這是一個不能說的祕密，於是痛苦加劇了，因為死者是父親，凶手是母親，而自己是凶手的同謀者。

然而七年過去了，時間來到了小說的此刻當下，小男孩已經長成十四歲的少年，他愈來愈相信 (3) 才是正解，因為如今的他，在一連串的偽善與利己交互作用下，他不只繼承了「哈勇」這個名字，而且愈長愈像哈勇，如今十四歲的他幾乎已經完全取代了哈勇這個人。對少年而言，他愈來愈相信這不是一個簡單的喪父或殺夫的故事，而是一個怪物用意志力殺死自己的父親，然後慢慢取代父親的恐怖故事。

「唯有知道最多祕密的人的答案才有意義，其他人的答案一點意義都沒有。所以少浪費時間了，快告訴我們，哈勇妻子的選項吧！」一臉聰明相的讀者說。

沒錯，知道最多內幕的人是哈勇的妻子，但很遺憾的，她必須永遠閉上嘴巴，選擇「留白」。為什麼？把兩種可能都列出來，你就明白了。

一、妻子殺了哈勇，卻把惡推給了地震。殺人必須償命，所以妻子不「會」說。

二、地震殺了哈勇，妻子只是見死不救。所以一樣不「能」說，因為一旦說出口，小男孩的痛苦就失去了動能，永遠停留在(1)的喪父之痛，哈勇是被地震壓死的，和母親無關，更和小男孩自己無關。屆時，原本充滿心理深度的小說將徹底崩毀。

懂了吧！不管事實的真相是哪一個，都不能說出口，因為一旦有了正確解答之後，小說必然往下墜落。屆時，小說裡日日夜夜折磨敘事者（小男孩）、困惑讀者的謎團全部都會煙消雲散，故事瞬間簡化成了一副手鐐腳銬，誰犯了錯，誰就關進大牢接受懲罰，沒什麼好說的。

當故事決定不再折磨它的讀者時，就完完全全失去了魔力。失去魔力的故事，將退化成一則極小而明確的結案報告，純粹就只是天理昭彰、報應不爽罷了，它將永遠無緣變成一部無邊無際的文學作品。

第九章

小說的戲劇性

● 戲劇就是衝突，衝突是為了突圍，突圍就有了性格，性格決定命運

第24課——矛盾

事物危險的邊緣

我愛看的是：事物危險的邊緣。誠實的小偷，軟心腸的刺客，疑懼天道的無神論者。

——羅伯特．布朗寧

詩人艾略特（T. S. Eliot）曾說：「壞詩人用『借』的，好詩人用『偷』的。」不要懷疑，在創作的世界裡，「偷」比「借」好。因為借了，你得還回去；而偷了，東西就永遠是你的了。

接著，我們就來「偷」東、西方最會說故事的小說家，格雷安．葛林（Graham Greene）和黃春明的創作法寶。

曾被諾貝爾文學獎提名二十一次，但卻始終與之無緣的英國小說家葛林的墓碑上刻了這麼一段話：「我愛看的是：事物危險的邊緣。誠實的小偷，軟心腸的刺客，疑懼

天道的無神論者。」（引自英國詩人羅伯特・布朗寧〔Robert Browning〕的詩句）

注意到了嗎？小偷 vs. 誠實、刺客 vs. 軟心腸、無神論者 vs. 疑懼天道，以上三句敘述有一個共通點，那就是「矛盾」。現在讓我們重新整理一下：葛林最愛看的是事物危險的邊緣，而所謂事物危險的邊緣就是「矛盾」，也就是說，葛林最愛矛盾。

請你試著想像一下，如果你的小說主角是個軟心腸的刺客，那麼他的工作就會和他的性格相互矛盾，於是已經夠凶險的刺客任務，便會因為矛盾這個內在的敵人，而變得更凶險。

刺客愈心軟，任務就愈凶險，小說也因此愈精采。所以深諳此道的小說家葛林當然喜歡矛盾。

如果矛盾是內在的，藏在性格裡。那什麼是外在的，藏在環境（處境）裡？

小說家黃春明曾說，他有個念茲在茲的「賽鴿故事」始終沒有寫下來，內容梗概如下（我憑記憶寫下來的）：

●〈賽鴿〉，黃春明／著（未發表）

有個傢伙養了好幾年，足足有一、二千隻的鴿子，但卻始終養不出一隻像樣的、有能力可以贏得比賽的好鴿子。所以，他被其他同業譏笑為「落屎林」。有一年，落屎林的運氣來了，他的鴿子歹竹出好筍，生了一隻飛得很快的鴿子，他對這隻鴿子寄予厚望，不斷的訓練牠飛行，希望有一天能幫他雪恥。對待這隻鴿子，落屎林簡直就像對待兒子一樣，疼愛極了。很快的，雪恥的一天來臨了，落屎林派他最得意的鴿子去參加首獎一百萬元的賽鴿比賽。這次比賽的飛行距離很長，最快也要一個星期才飛得回來。

隨著七天的時間愈來愈逼近，落屎林愈來愈緊張。第七天早上，他照例到頂樓餵鴿子的時候，發現那隻去參加比賽的鴿子居然出現在頂樓，牠已經飛回來了。落屎林欣喜若狂，但比賽的終點是廟口，可是他的鴿子卻因為經驗不足而飛回家了。落屎林本想上前去把牠捉下來，拿到廟口換獎金，但這隻鴿子可能在長途飛行中受到了什麼驚嚇，落屎林一靠近，牠就飛走，無論怎麼哄怎麼騙就是捉不到牠，眼看下午就要到了，其他鴿子就要飛回來了……最後，故事就在落屎林萬分掙扎的拿了一把槍，瞄準鴿子的時候結束了，小說家把最後的決定權丟給了讀者。

讓我們試著拆解上面的故事，像剝洋蔥一樣，把小說的語言、形式、內容一層一層剝掉，看看小說的「核心」究竟是什麼？

答案是一種類似「魚與熊掌無法兼得」的兩難處境。

故事裡的主人翁陷入了兩難的處境：想要獲得一百萬就得犧牲鴿子，想要留下鴿子就得放棄一百萬。

同樣的，處境愈艱難，人生就愈難以抉擇，小說也因此愈精采。所以深諳此道的小說家黃春明當然喜歡兩難。

東、西方兩位說故事高手，葛林的創作法寶是內在的「矛盾」，而黃春明則是外在的「兩難」。

借用詩人艾略特的話，我要說：「壞小說家用模仿的，好小說家用偷的。」

聰明的你，請把故事的核心「矛盾」和「兩難」偷走，那麼你也有機會變成故事大王。如果你一味的模仿表面，那麼你不只會寫出一篇很拙的小說（有一個叫「衰尾王」的傢伙，養了幾百隻賽狗，但從沒得過任何名次，有一天他的好運到了……），而且很快就會有人找上門。

「請跟我到警察局一趟，因為我們懷疑你的小說〈賽狗〉涉嫌抄襲……」

第25課——兩難

沒有選擇的兩難

你以為阿龍真正喜歡你嗎？這孩子以為真的有你現在的這樣一個人哪！

——黃春明，〈兒子的大玩偶〉

一九八三年，侯孝賢等三位新銳導演改編鄉土文學作家黃春明〈兒子的大玩偶〉等三篇小說，拍成一部三段式的電影《兒子的大玩偶》。這部寫實傳達台灣記憶的電影，不論在票房和口碑上都得到前所未有的成功，意外掀起了台灣電影的新浪潮。

自此提到台灣鄉土文學，就不得不提〈兒子的大玩偶〉，但這絕對不是因為電影的加分效果，而是因為它確實是一篇相當出色的作品。故事簡單敘述如下：

故事的背景是民國五十年代，小人物坤樹的老婆懷孕了，為了養活孩子，他只好幹起了一份「沒出息的烏活」——扮成小丑（又叫「三明治人」），身上前後各掛一片廣告看板，形似三明治），每天在村子裡繞來繞去，幫電影院做新片宣傳。卑賤的小丑工作，雖然養活了一家人，但卻讓坤樹受盡了身心的折磨……

如果讀者夠敏銳，就會發現故事一開始，坤樹就已經面臨了一次兩難的選擇：墮胎？或者當小丑？二選一。顯然兩者都不是他想要的，這時小人物的悲哀浮現了，無可奈何的坤樹只能選擇後者（事實上，他的老婆先前已經墮胎過一次了）。當了小丑的坤樹雖然順利保住了小孩，但從此身心受到了極大的煎熬。

伯父斥責坤樹：「你看你！你這像什麼鬼樣子！人不像人，鬼不像鬼……難道沒有別的活兒幹啦？……我話給你說在前面，你要現世給我滾到別地方去！……」

連妓女都瞧不起坤樹：「如果他真的來了不把你嚇死才怪。」

坤樹內心的掙扎：「要不是看到阿珠（老婆）的眼淚，我不會再有勇氣走出門。」

●〈兒子的大玩偶〉，黃春明／著（一九六八年）

這樣的煎熬，到了故事末尾終於有了轉機。

突然有一天，坤樹的老闆叫坤樹脫下小丑裝，改拿大聲公，腳踩三輪車作宣傳，因為他覺得小丑的宣傳效果有限。坤樹聽了，興奮極了，因為終於可擺脫小丑這個卑賤的工作，他的人生看似就要往好的方向去了。

這一天，踩完三輪車的坤樹回來了，他高興的上前逗弄孩子，然而孩子卻不知為何號啕大哭起來。在老婆的解釋下，坤樹才明白一直以來，他都以小丑的面貌出現在小孩面前，所以小孩一直以為真有小丑這個人，反倒不認識坤樹這個爸爸了。這時，坤樹的心沉了下來，迷惘的他突然沒來由的又化起了小丑妝……

這是一個變形的兩難處境，坤樹得到了尊嚴的工作，卻意外失去了自己的小孩（小孩不認識爸爸），於是他只得再次化起小丑妝。

仔細回想，正是卑賤的小丑為坤樹帶來了生命的喜悅，然而當坤樹成功擺脫小丑的身分時，孩子也跟著失去了（象徵），這是何等的荒謬與悲傷。它似乎隱隱約約在告訴讀者，小人物最大的悲哀，在於他一輩子永遠脫離不了小丑這個身分。

相較於其他制式的兩難小說（要錢？還是要命？），〈兒子的大玩偶〉一連做了兩次不露痕跡的完美演出——小人物坤樹的生命永遠處於一種兩難：尊嚴的生命 vs. 卑賤的生活。得到尊嚴，就餓了肚子；飽了肚子，尊嚴就被踩在腳底下；尊嚴與溫飽永遠不可能同時滿足。

不只於此。

〈兒子的大玩偶〉之所以能把兩難這個技巧發揮到極致，那是因為作者筆下所創造出來，看似二選一的選項裡，小人物從來沒有自己的選擇權，他永遠只能掩著面，無奈的選擇令自己最難堪的那一個。

因為那從不是自己的選擇，而是為了家人所做的選擇。

特別收錄

〈兒子的大玩偶〉黃春明 著

在外國有一種活兒，他們把它叫做「sandwich man」。小鎮上，有一天突然也出現了這種活兒。但是在此地卻找不到一個專有的名詞，也沒有人知道這活兒應該叫什麼。經過一段時日，不知道哪一個人先叫起的，叫這活兒做「廣告的」。等到有人發覺這活兒已經有了名字的時候，小鎮裡大大小小的都管它叫「廣告的」了。甚至於，連手抱的小孩，一聽到母親的哄騙說：「看哪！廣告的來了！」馬上就停止吵鬧，而舉頭東張西望。

一團火球在頭頂上滾動著，緊隨每一個人，逼得叫人不住發汗。一身從頭到腳都很怪異的、仿十九世紀歐洲軍官模樣打扮的坤樹，實在難熬這種熱天。除了他的打扮令人注意之外，在這種大熱天，那樣厚厚的穿著也是特別引人注目的；反正這活兒就是要吸引人注意。

臉上的粉墨，叫汗水給沖得像一尊逐漸熔化的蠟像。塞在鼻孔的小鬍子，吸滿了汗水，逼得他不得不張著嘴巴呼吸。頭頂上圓筒高帽的羽毛，倒是顯得涼快的飄顫著。他何嘗不想走進走廊避避熱，但是舉在肩上的電影廣告牌，叫他走進不得。新近，身前身後又多掛了兩張廣告牌；前面的是百草茶，後面的是蛔蟲藥。這樣子他走路的姿態就得像木偶般的受拘束了。累倒是累多了，能多要到幾個錢，總比不累的好。他一直安慰著自己。

從幹這活兒開始的那一天，他就後悔得急著想另找一樣活兒幹。對這種活兒他愈想愈覺得可笑，如果別人不笑話他，他自己也要笑的；這種精神上的自虐，時時縈繞在腦際，尤其在他覺得受累的時候倒逞強得很。想另換一樣活兒吧！單單這般的想，也有一年多了。

近前光晃晃的柏油路面，熱得實在看不到什麼了。稍遠一點的地方的景象，都給蒙在一層黃膽色的空氣的背後，他再也不敢望穿那一層帶有顏色的空氣看遠處。萬一真的如腦子裡那樣晃動著倒下去，那不是都完了嗎？他用意志去和眼前的那一層將置他於死地的色彩掙扎著：他媽的！這簡直就不是人幹的。但是這該怪誰？

「老闆，你的電影院是新開的，不妨試試看。試一個月如果沒有效果，不用給錢算了。海報的廣告總不會比我把上演的消息帶到每一個人的面前好吧？」

「那麼你說的服裝呢？」

（與其說我的話打動了他，倒不如說是我那副可憐相令人同情吧！）

「只要你答應，別的都包在我身上。」

（為這件活兒，他媽的！我把生平最興奮的情緒都付給了它。）

「你總算找到工作了。」

（他媽的，阿珠還為這活兒喜極而泣呢！）

「阿珠，小孩子不要打掉了。」

（為這事情哭泣倒是很應該的。阿珠不能不算是一個很堅強的女人吧！我第一次看到她那麼軟弱而號啕的大哭起來。我知道她太高興了。）

想到這裡，坤樹禁不住也掉下淚來。一方面他沒有多餘的手擦拭，一方面他這樣想：管他媽的蛋！誰知道我是流汗或是流淚。經這麼一想，淚似乎受到慫恿，而不斷的滾出來。在這大熱天底下，他的臉肌還可以感到兩行熱熱的淚水簌簌的滑落。不抑制淚水湧出的感受，竟然是這般痛快；他還是頭一次發覺的哪！

「坤樹！你看你！你這像什麼鬼樣子！人不像人，鬼不像鬼，你！你怎麼會變成這個模樣來呢？」

（幹這活兒的第二天晚上；阿珠說他白天就來了好幾趟了。那時正在卸妝，他一進門就嚷了起來。）

「大伯仔……」

（早就不該叫他大伯仔了。大伯仔。屁大伯仔哩！）

「你這樣的打扮，誰是你的大伯仔！」

「大伯仔聽我說……」

「還有什麼可說的！難道沒有別的活兒幹啦？我就不相信，敢做牛還怕沒有犁可拖？我話給你說在前面，你要現世給我滾到別地方去！不要在這裡污穢人家的地頭。你不聽話到時候不要說這個大伯仔反臉不認人！」

「我一直到處找工作……」

「怎麼？到處找就找到這沒出息的鳥活幹了?!」

「實在沒有辦法，向你借米也借不到……」

「怎麼？那是我應該的？我應該的？我，我也沒有多餘的米，我的米都是零星買的，怎麼？這和你的鳥活何干？你少廢話！你！」

（廢話？誰廢話？真氣人。大伯仔，大伯仔又怎麼樣？娘哩！）

「那你就不要管！不要管不要管不要管——」

（呵呵，逼得我差點發瘋。）

「畜生，好好，你這個畜生！你竟敢忤逆我，你敢忤逆我！從今以後我不是你坤樹的大伯！切斷！」

「切斷就切斷，我有你這樣的大伯仔反而會餓死。」

（應得好，怎麼去想出這樣的話來？他離開時還暴跳的罵了一大堆話。隔日，真不想去幹活兒了。倒不是怕得罪大伯仔，就不知道為什麼灰心得提不起精神來。要不是看到阿珠的眼淚，使我想到我答應她說：「阿珠，小孩子不要打掉了。」的話；還有那兩帖原先準備打胎用的柴頭仔也都扔掉了；我真不會再有勇氣走出門。）

想，是坤樹唯一能打發時間的辦法，不然，從天亮到夜晚，小鎮裡所有的大街小巷，那得走上幾十趟，每天同樣的繞圈子，如此的時間，真是漫長得怕人。寂寞與孤獨自然而然的叫他去做腦子裡的活動：對於未來他很少去想像，縱使有的話，也是幾天以後的現實問題，除此之外，大半都是過去的回憶，以及以現在的想法去批判。

頭頂上的一團火球緊跟著他離開柏油路，稍前面一點的那一層黃膽色的空氣並沒有消失，他懨懨的感到被裹在裡面令他著急。而這種被迫的焦灼情緒，有一點類似每天天亮時給他的感覺；躺在床上，看到曙光從壁縫漏進來，整個屋裡四周的昏暗與寂靜，還有那家裡特有的潮濕的氣味。他的情緒驟然的即從寧靜中躍出恐懼，雖然是一種習慣的現象，但是，每天都像一個新的事件發生。真的，每月的收入並不好，不過和其他工作比起來，還算是不差的啦。工作的枯燥和可笑，激人欲狂。可是現在家裡沒有這些錢，起碼的生活就馬上成問題。怎麼樣？最後，他說服了自己，不安的還帶著某種的慚愧爬了起來，坐在阿珠的小梳妝檯前，從抽屜裡拿出粉塊，望著鏡子，塗抹他的臉，望著鏡子，淒然的留半邊臉苦笑。白茫茫的波濤在腦子裡翻騰。

他想他身體裡面一定一滴水都沒有了，向來就沒有這般的渴過。育英國校旁的那條花街，妓女們穿著睡衣，拖著木屐圍在零食攤吃零食，有的坐在門口施粉，有的就茫然的倚在門邊，也有埋首在連環圖畫裡面，看那樣子倒是很逍遙。其中夾在花街的幾戶人家，緊緊的閉著門戶，不然即是用欄柵橫在門口，並且這些人家的門邊的牆壁上，很醒眼的用紅漆大大的寫著「平家」兩個字。

「呀！廣告的來了！」圍在零食攤裡的一個妓女叫了出來。其餘的人紛紛轉過臉來，看著坤樹頭頂上的那一塊廣告牌子。

他機械的走近零食攤。

「喂！樂宮演什啊？」有一位妓女等廣告的走過她們的身邊時問。

他機械的走過去。

「他發了什麼神經病，這個人向來都不講話的。」有人對著向坤樹問話的那個妓女這樣的笑她。

「他是不是啞巴？」妓女們談著。

「誰知道他？」

「也沒看他笑過，那副臉永遠都是那麼死死的。」

他才離開她們沒幾步，她們的話他都聽在心裡。

「喂！廣告的，來呀！我等你。」有一個妓女的吆喝向他追過來，在笑聲中有人說：

「如果他真的來了不把你嚇死才怪。」

他走遠了，還聽到那一個妓女又一句挑撥的吆喝。在巷尾，他笑了。

要的，要是我有了錢我一定要。我要找仙樂那一家剛才倚在門旁發呆的那一個，他這樣想著。

走過這條花街，倒一時令他忘了許多勞累。

看看人家的鐘，也快三點十五分了。他得趕到火車站和那一班從北來的旅客沖個照面；這都是和老闆事先定的約，例如在工廠下班、中學放學等等都得去和人潮沖個照面。

時間也控制得很好，不必放快腳步，也不必故意繞近。當他走出東明里轉向站前路，那一班下車的旅客正好紛紛的從柵口走出來，靠著馬路的左邊迎前走去：這是他幹這活的原則，陽光仍然熱得可以烤番薯，下車的旅客匆忙的穿過空地，一下子就鑽進貨運公司這邊的走廊。除了少數幾個外來的旅客，再也沒有人對他感到興趣，要不是那幾張生疏而好奇的面孔，對他有所鼓勵的話，他其實不知怎麼辦才好；他是有把握的，隨便捉一個人，他都可以辨認是外地的或是鎮上的，甚至於可以說出那個人大部分在什麼時間、什麼地方出現。

無論怎麼，單靠幾張生疏的面孔，這個飯碗是保不住，老闆遲早也會發現。他為了目前反應，心都頹了。

（我得另做打算吧！）

此刻，他心裡極端的矛盾著。

「看哪！看哪！」

（開始那一段日子，路上人群的那種驚奇，真像見了鬼似的。）

「他是誰呀？」

「哪兒來的？」

「咱們鎮裡的人嗎？」

「不是吧！」

「唷！是樂宮戲院的廣告。」

「到底是哪裡的人呢？」

（真莫名其妙！注意我幹什麼？怎麼不多看看廣告牌？那一陣子，人們對我的興趣真大，我是他們的謎。他媽的！現在他們知道我是坤樹仔，謎底一揭穿就不理了。這干我什麼？廣告不是經常在變換嗎？那些冷酷和好奇的眼睛還亮著哪！）

反正幹這種活，引起人注意和被奚落，對坤樹同樣是一件苦惱。

他在車站打了一回轉，被遊離般的走回站前路，心裡和體外的那種無法調和的冷熱，向他挑戰。坤樹的反抗只止於內心裡面咒詛而已。五、六公尺外的那一層黃膽色的空氣又隱約的顯現，他口渴得喉嚨就要裂開，這時候，家，強而有力的吸引著他回去。

（不會為昨晚的事情，今天就不為我泡茶吧？唉！中午沒回去吃飯就太不應該了，上午也應該回去喝茶，阿珠一定更深一層的誤會。他媽的該死！）

「你到底生什麼氣，氣到我身上來。小聲一點怎麼樣，阿龍在睡覺。」

（我不應該遷怒於她。都是吝嗇鬼不好，建議他給我換一套服裝他不幹，他說：「那是你自己的事！」我的事？真是他媽的狗屎！這件消防衣改的，已經引不起別人的興趣了，同時也不是這種大熱天能穿的啊！）

「我就這麼大聲！」

（嘖！太過分了。但是一肚子氣怎麼辦？我又累得很，阿珠真笨，怎麼不替我想想，還向我頂嘴。）

「你真的要逼人嗎？」

「逼人就逼人！」

（該死，阿珠，我是無心的。）

「真的？」

「不要說了！」嘶著喉嚨叫：「住嘴！我！我打人啦啊！」當時把拳頭握得很緊，然後猛力的往桌子搥擊。

（總算生效了，她住嘴了，我真怕她逞強。我想我會無法壓制的打阿珠。但是我絕對是無心的。把阿龍嚇醒過來真不應該。阿珠那樣緊緊的抱著阿龍哭的樣子，真叫人可憐。我的喉嚨受不了，我看今天喝不到茶了吧？活該！不，我真渴著哪！）

坤樹一路想著昨晚的事情，不覺中已經到了家門口，一股悸動把他引回到現實。門是掩著，他先用腳去碰它，板門輕輕的開了。他放下廣告牌子，把帽子抱在一邊走了進去。飯桌上罩著竹筐，大茶壺擱在旁邊，嘴上還套著那個綠色的大塑膠杯子。她泡了！一陣溫暖流過坤樹的心頭，覺得寬舒了起來。他倒滿了一大杯茶，駛直喉嚨灌。這是阿珠從今年夏天開始，每天為他準備的薑母茶，裡頭還下了赤糖，等坤樹每次路過家門進來喝的。阿珠曾聽別人說，薑母茶對勞累的人很有裨益。他渴得倒滿了第二杯，同時心裡的驚疑也滿了起來。平時回來喝茶水不見阿珠倒不怎麼，但為了昨晚無理的發了一陣子牛脾氣的聯想，使他焦灼而不安。他放下茶，打開桌罩和銅蓋，發覺菜飯都沒動，床上不見阿龍睡覺，阿珠替人洗的衣服疊得好好的。哪裡去了？

阿珠從坤樹不吃早飯就出門後，心也跟著懸得高高的放不下來，本來想叫他吃飯的，但是她猶豫了一下，坤樹已經過了馬路了。他們一句話都沒說。阿珠揹著阿龍和平時一樣的去替人家洗衣服。她不安得真不知怎做才好，用力在水裡搓著衣服，身體的擺動，使阿龍沒有辦法將握在手裡的肥皂盒，放在口裡滿足他的吸吮。小孩把肥皂盒丟開，氣得放聲哭了。阿珠還是用力的搓衣服。小孩愈哭愈大聲，她似乎沒聽見；過去她沒讓阿龍這般可憐的哭著而不理。

「阿珠。」就在水龍頭上頭的廁所窗口，女主人喊她。

她仍然埋首搓衣服。

「阿珠。」這位一向和氣的女主人，不能不更大聲的叫她。

阿珠驚慌的停手，站起來想聽清楚女主人的話時，同時也意識到阿龍的哭鬧，她一邊用濕濕的手溫和的拍著阿龍的屁股，一邊側頭望著女主人。

「小孩子在你的背上哭得死去活來，你都不知道嗎？」雖然帶有點責備，但是口氣還是十分溫和。

「這小孩子。」她實在也沒什麼話可說。「給了他肥皂盒他還哭！」她放斜左邊的肩膀，回過頭向小孩：「你的盒子呢？」她很快的發現掉在地上的肥皂盒，馬上俯身拾過來在水盆裡一沾，然後甩了一下，又往後拿給阿龍了。她蹲下來，拿起衣服還沒搓的時候，女主人又說話了。

「你手上拿著的這一件紗是新買的，洗的時候輕一點搓。」

她實在記不起來她是怎麼搓衣服，不過她覺得女主人的話是多餘的。

好不容易把洗好的衣服晾起來，她匆匆忙忙的揹著阿龍往街上跑。她穿過市場，她沿著鬧區的街道奔走，兩只焦灼的眼，一直搜尋到盡頭，她什麼都沒發現。她腦子裡忙亂的判斷著可能尋找到他的路。最後終於在往鎮公所的民權路上，遠遠的看到坤樹高高的舉在頭頂上的廣告牌，她高興的再往前跑了一段，坤樹的整個背影都收入她的眼裡了。她斜放左肩，讓阿龍的頭和她的臉相貼在一起說：「阿龍，你看！爸爸在那裡。」

她指著坤樹的手和她講話的聲音一樣，不能公然的而帶有某種自卑的畏縮。他們距離得很遠，阿龍什麼都不知道。她站在路旁目送著坤樹的背影消失在岔路口，這時，內心的憂慮剝了其中最外的一層。她不能明白坤樹這個時候在想些什麼，他不吃飯就表示有什麼。不過，看他還是和平常一樣的舉著廣告牌走，唯有這一點叫她安心。但是這和其他令她不安的情形揉雜在一起，變得比原先的恐懼更難負荷的複雜，充塞在整個腦際裡。見了坤樹的前後，阿珠只是變換了不同的情緒，心裡仍然是焦灼的。她想她該回去替第二家人家洗衣服去了。

當她又替人洗完衣服回到家裡，馬上就去打開壺蓋。茶還是整壺滿滿的，稀飯也沒動，這證明坤樹還是沒回來過。他一定有什麼的，她想。本來想把睡著了的阿龍放下來，現在她不能夠。她匆忙的把門一掩，又跑到外頭去了。

頭頂上的火球正開始猛烈的燒著，大部分路上的行人，都已紛紛的躲進走廊。所以阿珠要找坤樹容易得多了。她站在路上，往兩端看看，很快的就可以知道他不在這一條路上。這次阿珠在中正北路的鋸木廠附近看到他了，他正向媽祖廟那邊走去。她距離坤樹有七、八個房子那麼遠，偷偷的跟在後頭，還小心的提防他可能回過頭來。在背後始終看不出坤樹有什麼異樣，有幾次，阿珠借著走廊的柱子遮避，她趕到前面距離坤樹背後兩、三間房的地方觀察他，仍然看不出有什麼異樣的地方。但是，不吃飯、不喝茶的事，卻令阿珠大大的不安。她一直不能相信她所觀察的結果，而深信一定有什麼，她擔憂著什麼事將在他們之間發生。這時阿珠突然想看看坤樹的正面。她想，也許在坤樹的臉上可以看到什麼。她跟到十字路口的地方，看坤樹並沒有拐彎而直走。於是她半跑的穿過幾段路，就躲在媽祖廟附近的攤位背後，等坤樹從前面走過來。她急促忐忑的心，跟著坤樹的逼近，逐漸的高亢起來。面臨著自己適才的意願的頃刻，她竟不顧旁人對她的驚奇，她很快的蹲到攤位底下，然後接連著側過頭，看從她旁邊閃過的坤樹。在這剎那間，她只看到不堪燠熱的坤樹的側臉，那汗水的流跡，使她也意識到自己的額頭亦不斷的發汗。阿龍也流了一身汗。

那包紮著一個核心的多層的憂慮，雖然經她這麼跟蹤而剝去了一些，而接近裡層的核心，卻敏感的只稍一觸及即感到痛楚。阿珠又把自己不能確知什麼的期待，放在中午飯的時候。她把最後的一家衣服也洗了。接著準備好中午飯，一邊給阿龍餵奶一邊等著坤樹。但是過了些時，還不見坤樹的影子踏進門，這使得她又激起極大的不安。

她揹著阿龍在公園的路上找到坤樹。有幾次，她真想鼓起勇氣，跟上前懇求他回家吃飯。但是她稍微一走近坤樹，突然就感到所有的勇氣又消失了。於是，她只好保持一段距離，默默的且傷心的跟著坤樹。從這條路走過那一條路，這條巷子轉到另一條巷子，沿途她還責備自己，說昨晚根本就不該頂嘴，害得他今天這麼辛苦，兩頓飯沒吃，茶水也沒喝，在這樣的大熱天，不斷的走路……她流著淚，走幾步路，總得牽揹巾頭擦拭一下。

最後看到坤樹轉向往家裡走的路，她高興得有點緊張。她從另一條路先趕回到家門口的另一條巷口的地方，在那裡可以看到坤樹怎麼走進屋子裡，看他有沒有吃飯。坤樹走過來了。終於在門口停下來了。阿珠看到他走進屋子裡的時候，流出了更多眼淚，她只好用雙手掩面，而將頭頂在巷口的牆上，支柱著放鬆她的心緒。坤樹在屋裡的一舉一動，她都看在眼裡了。她也猜測到坤樹的心裡正焦急的找她，這種想法，使她覺得多少還是幸福的。

當坤樹在屋裡納悶而急不可待的想踏出外面，阿珠揹著阿龍低著頭閃了進來。阿珠在對面竊視到坤樹喝了茶，一股喜悅的跨過來的時間，正好是坤樹納悶的整段。看到妻子回來了，另一邊看到丈夫喝了茶了，兩個人的心頭像同時一下子放下了重擔。阿珠還是低著頭，忙著把桌罩掀掉，接著替坤樹添飯。坤樹把前後的廣告牌子卸下來放在一邊，將胸口的鈕子解開，坐下來拿起碗筷默默的吃了。阿珠也添了飯，坐在坤樹的對面用飯。他們一直沉默著，整個屋子裡面，只能聽到類似豬圈裡餵豬時的嚼嚼的聲音。坤樹站起來添飯，阿珠趕快的抬起頭看看他的背後，又很快的低下頭扒飯。等阿珠站起來，坤樹迅速的看了看她的背後，在她轉身過來之前，亦將視線移到別的地方。坤樹終於耐不住這種沉默：

「阿龍睡了？」他知道阿龍在母親背後睡著了。

「睡了。」她還是低著頭。

又是一段沉默。

坤樹看著阿珠，但是以為阿珠這一動將抬頭時，他馬上又把視線移開。他又說話了：「今天早上紅瓦厝的打鐵店著火了你知道不知道？」

「知道。」

這樣的回答，坤樹的話又被阻塞了。又停了一會。

「上午米粉間那裡的路上死了兩個小孩。」

「唷！」她猛一抬頭，看到坤樹也正從飯碗裡將要抬頭時，很快的又把頭低了下去。「怎麼死的？」她內心是急切想知道這問題的，但語調上已經沒有開始的驚嘆那麼來得激動。

「一輛運米的牛車，滑下來幾包米，把吊在車尾的小孩壓死了。」

坤樹從幹了這活以後，幾乎變成了阿珠專屬的地方新聞記者，將他每天在小鎮裡所發現的事情，一五一十的告訴她。有時也有號外的消息，例如有一次，坤樹在公園路看到一排長龍從天主教堂的側門排到路上，他很快的專程趕回家，告訴阿珠說天主教堂又在賑濟麵粉了。等他晚上回來，兩大口的麵粉和一聽奶粉好好的擺在桌上。

雖然某種尷尬影響了他們談話的投機，但總算和和氣氣的溝通了。坤樹把胸釦扣好，打點了一下道具，不耐沉默的又說：

「阿龍睡了？」

（廢話，剛才不是說了！）

「睡著了。」她說。

但是，坤樹為了前句話，窘得沒聽到阿珠的回答。他有點匆忙的走出門外，連頭也不回的走了，這時阿珠才站在門口，搖晃著背後的阿龍，一邊輕拍小孩的屁股目送著丈夫消失。這一段和解的時間約有半個小時的光景，然而他們之間的目光卻沒有真正的接觸過。

農會的米倉，不但牆築得很高，同時長得給人感到怪異。這裡的空氣因巨牆的關係，有一團氣流在這裡旋轉，牆的巨影蓋住了另一邊的矮房，坤樹正向這邊走過來。他的精神好多了，眼前直穿到盡頭，再也看不到那一層黃膽色的阻隔，那麻木不覺的臂膀，重新恢復了舉在頭頂上的廣告牌子的重量感。他估量天色的時分和晚上的時間，埋怨此刻不是晚上，他實在想睡覺的事。他有這種經驗，只要這麼經過，他和阿珠之間的尷尬即可全消。其實為了消融夫妻之間的尷尬算是附帶的，不知怎麼，夫妻之間有了尷尬，而到了某一種程度的時候，性慾就勃發起來。這麼白亮的時光，真受坤樹咒詛，倉庫的四周，麻雀吱吱喳喳的叫個不停，他想到自己的童年，那時這一排矮房子還是一片空地，他常常和幾個小朋友跑到這裡打麻雀；當時他練得一手好彈弓。電線上的幾隻麻雀有的正偏著頭望他，他略微側著頭望上去，仍舊不變腳步的走著，側仰的頭和眼球的角度，跟著他每一步的步伐在變，突然後面有人跑過來的腳步聲，使他驚嚇得回轉過頭。這和他以前提防看倉庫的那位老頭子一樣。他為他這動作感到好笑。那位老頭，早在他到這裡來打麻雀的時候就死掉了，屍體還是他們在倉庫邊的井旁發現的。想啊想的，電線上的麻雀已落在他的後頭了。

一群在路旁玩土的小孩，放棄他們的遊戲，嘻嘻哈哈的向他這邊跑來，他們和他保持警戒的距離跟著他走，有的在他的前面，面向著他倒退著走。在阿龍還沒有出生以前，街童的纏繞曾經引起他的氣惱。但現在不然了，對小孩他還會向他們做做鬼臉，這不但小孩子高興，無意中他也得到了莫大的愉快。每次逗著阿龍笑的時候，都可以得到這種感覺。

「阿龍，阿龍——」

「你管你自己走吧！誰要你撒嬌。」

「阿龍——再見，再見……」

他們幾乎每天都是這樣的在門口分手。阿龍看到坤樹走了他總是要哭鬧一場，有時從母親的懷抱中，將身體往後仰翻過去，想挽留去工作的父親。這時，坤樹往往由阿珠再說一句：「孩子是你的，你回來他還在。」之類的話，他才死心走開。

（這孩子這樣喜歡我。）

坤樹十分高興。這份活兒使他有了阿龍，有了阿龍叫他忍耐這活兒的艱苦。

「鬼咧！你以為阿龍真正喜歡你嗎？這孩子以為真的有你現在的這樣一個人哪！」

（那時我差一點聽錯阿珠這句話。）

「你早上出門，不是他睡覺，就是我揹出去洗衣服。醒著的時候，大半的時間你都打扮好這般模樣，晚上你回來他又睡了。」

（不至於吧！但這孩子愈來愈怕生了。）

「他喜歡你這般打扮做鬼臉，那還用說，你是他的大玩偶。」

（呵呵！我是阿龍的大玩偶，大玩偶?!）

那位在坤樹前面倒退著走的小街童，指著他嚷：

「哈哈！你們快來看，廣告的笑了，廣告的眼睛和嘴巴說這樣這樣的歪著哪！」幾個在後頭的都跑到前面來看他。

（我是大玩偶，我是大玩偶。）

他笑著。影子長長的投在前面，有了頭頂上的牌子，看起來不像人的影子。街童踩著他的影子玩，遠遠的背後有一位小孩子的母親在喊，小孩子即時停下來，以惋惜的眼睛目送他，而也以羨慕的眼睛注視其他沒有母親出來阻止的朋友。坤樹心裡暗的裡讚賞阿珠的聰明，他一再的回味著她的比喻：「大玩偶，大玩偶。」

「龍年生的，叫阿龍不是很好嗎？」

（阿珠如果讀了書一定是不錯的。但是讀了書也就不會是坤樹的妻子了。）

「許阿龍。」

「是不是這個龍？」

（戶籍課的人也真是，明知道我不太熟悉字才請他替我填表，他還這麼大聲的問。）

「鼠牛虎兔龍的龍。」

「六月生的，怎麼不早來報出生？」

「今天才取到名字。」

「超出三個月未報出生要罰十五元。」

「連要報出生我們都不知道咧！」

「不知道？那你們怎麼知道生小孩？」

（真不該這樣挖苦我，那麼大聲引得整個公所裡面的人都望著我笑。）

中學生放學了，至少他們比一般人好奇，他們讀著廣告牌的片名，有的拿電影當著話題，甚至於有人對他說：「有什麼用？教官又不讓我們看！」他不能明白他的意思，但是他很愉快，看到每一個中學生的書包，脹得鼓鼓的，心裡由衷的敬佩。

（我們有三代人沒讀過書了。阿龍總不至於吧！就怕他不長進。聽說註冊需要很多錢哪！他們真是幸福的一群！）

兩排高大的桉樹的路樹，有一邊的影子斑花的映在路面，從那一端工業地區走出來的人，他們沒有中學生那麼興奮，滿臉帶著疲倦的神色，默默的犁著空氣，即使有人談笑也只是那麼小聲和輕淡。找這活幹以前，坤樹亦曾到紙廠、鋸木廠、肥料廠去應徵過，他很羨慕這群人的工作，每天規律的在這個時候，通過這涼爽的高桉路回家休息。除此之外，他們還有星期天哪！他始終不明白為什麼被拒絕。他檢討過。他是無論如何也想不通的。

「你家裡幾個人？」

「我和我妻子，父母早就去世了。我的……」

「好了好了，我知道。」

（真莫名其妙！他知道什麼？我還沒說完咧。他媽的！好容易排了半天隊輪到我就問這幾句話？有些人連問都沒有，他只是點點頭笑一笑，那個應徵的人隨即顯得那麼得意。）

黃昏了。

坤樹向將墜入海裡的太陽瞟了一眼，自然而然不經心的快樂起來。等他回到樂宮戲院的門口，經理正在外面看著櫥窗。他轉過臉來說：

「你回來得正好，我找你。」

對坤樹來說，這是很不尋常的。他愣了一下，不安的說：

「什麼事？」

「有事和你商量。」

他腦子裡一時忙亂的推測著經理的話和此時那冷淡的表情。他小心的將廣告牌子靠在櫥窗的空牆，把前後兩塊廣告也卸下來，抱著高帽的手有點發顫。他真想多拖延一點時間，但能拖延的動作都做了，是他該說話了。他憂慮重重的轉過身來，那濕了後又乾的頭髮，牢牢的貼在頭皮，額頭和顴骨兩邊的白粉，早已被汗水沖淤在眉毛和向內凹入的兩頰的上沿，露出來的皮膚粗糙得像患了病。最後，他無意的把小鬍子也摘下來，眼巴巴的站在那裡，那模樣就像不能說話的怪異的人形。

經理問他說：

「你覺得這樣的廣告還有效果嗎？」

「我，我……」他急得說不出話來。

（終於料到了。完了！）

「是不是應該換個方式？」

「我想是的。」坤樹毫無意義的說。

（他媽的完了也好！這樣的工作有什麼出息。）

「你會不會踏三輪車？」

「三輪車？」他很失望。

（糟糕！）

坤樹又說：「我，我不大會。」

「沒什麼困難，騎一、兩趟就熟了。」

「是。」

「我們的宣傳想改用三輪車。你除了踏三輪車以外，晚上還是照樣幫忙到散場，薪水照舊。」

「好！」

（嗨！好緊張呀！我以為完了。）

「明天早上和我到車行把車子騎回來。」

「這個不要了？」他指著靠牆的那張廣告牌，那意思是說不用再這樣打扮了？

經理裝著沒聽到他的話走進去……

（傻瓜！還用問。）

他覺得很好笑。然而到底有什麼好笑？他不能確知。他張大著嘴巴沒出聲的笑著。回家的途中，他隨便的將道具扛在肩上，反而引起路人驚訝的注視，還有那頂高帽掖在他的腋下的樣子，也是小鎮裡的人所沒見過的。

「看吧！這是你們最後的一次。」他禁不住內心的愉快，真像飛起來的感覺。是很可笑的一種活兒哪！他想：記得小時候，不知道哪裡來的巡迴電影。對了，是教會的，就在教會的門口，和阿星他們爬到相思樹上看的。其中就有這樣打扮著廣告的人的鏡頭，一群小孩子纏繞著他。那印象給我們小孩太深刻了，日後我們還打扮成類似的模樣做遊戲，想不到長大了卻成了事實。太可笑了！

「他媽的！那麼短短的鏡頭，竟他媽的這樣，他媽的可笑！」坤樹沿途想著，且喃喃自言自語的說個不完。

往事一幕一幕的又重現在腦際。

「阿珠，如果再找不到工作，肚子裡的小孩就不能留了。這些柴頭藥據說一個月的孕期還有效。不用怕，所有的都化成血水流出來而已。」

（好險哪！）

「阿珠，小孩子不要打掉了。」

（那麼說，那時候沒趕上看那場露天的電影，有沒有阿龍還是一個問題哪！幸虧我爬上相思樹看。）

奇怪的是，他對這本來想拋也拋不掉的活，每天受他咒詛不停，現在他倒有些敬愛起來。不過敬愛還是歸於敬愛，他內心新的喜悅總比其他的情緒強烈得多。

「坤樹，你回來了！」站在路上遠遠望到丈夫回來的阿珠，出乎尋常的興奮的叫了起來。

坤樹驚訝極了。他想不透阿珠怎麼知道了？如果不是這麼回事，阿珠這般親熱的表現，坤樹認為太突然而過於大膽了；在平時他遇到這種情形，一定會窘上半天。

當坤樹走近來，他覺得還不適於說話的距離時，阿珠搶先的說：「我就知道你走運了。」

她好像恨不得把所有的話都說出來。坤樹卻真正的嚇了一跳。她接著說：「你會不會踏三輪車？其實不會也沒關係，騎一、兩趟就會熟的。金池想把三輪車頂讓給你咧！詳細的情形……」

他聽到此地才明白過來。他想，索性就和她開個玩笑吧！於是他說：

「我都知道了。」

「剛看你回來的樣子，我猜想你也知道了。你覺得怎麼樣？我想不會錯吧！」

「不錯是不錯，但是——」他差一點也抑不住那令他快樂的消息，欲言又作罷了。

阿珠不安的逼著問：

「有什麼問題嗎？」

「如果經理不高興我們這樣做的話，我想就不該接受金池的好意了。」

「為什麼？」

「你想想，當時我們要是沒有這件差事，那真是不堪想像，說不定阿龍就不會有。現在我們一有其他工作，一下子就把這工作丟了，這未免太過分吧！」這完全是他臨時想出來的話。但經他說了出來之後，馬上覺察到話的嚴肅與重要性，他突然變得很正經，與其說阿珠了解他的話，倒不如說是被他此刻的態度懾住了。她顯然是失望的，但至少有一點義理支持她，她沉默的跟著坤樹走進屋子裡，在一團困惑的思緒中，清楚的意識到對坤樹有一種新的尊敬。可能提到和阿龍有關係的緣故吧！她很容易的接受了這種說法。

晚飯，他們和平常一樣的吃著，所不同的是坤樹常常很神祕的望著阿珠不說話，除了有一點奇怪之外，阿珠倒是很安心，她在對方的眼神中，隱約的看到善良的笑意。在意識裡，阿珠覺得她好像把坤樹踏三輪車以後的生活計畫都說了出來，而不顧慮有欠恩情於對方的利益，似乎自責得很厲害。坤樹有意要把真正好的消息，留在散場回來時告訴她。他放下飯碗，走過去看看熟睡的阿龍。

「這孩子一天到晚就是睡。」

「能睡總是好的囉！不然，我什麼事情都不能做，註生娘娘算是很幫我們忙，給我們這麼乖的孩子。」

他去戲院工作了。

他後悔沒及時將事情告訴阿珠。因此他覺得還有三個小時才散場的時間是長不可耐的，也許在別人看來這是一件平凡的小事情，但是對坤樹來說，無論如何是裝不了的，像什麼東西一直溢出來令他焦急。

（在洗澡的時候，差點說出來。說了出來不就好了嗎？）

「你怎麼把帽子弄扁了呢？」那時阿珠問。

（阿珠一向是很聰明的，她是嗅出一點味道來了。）

「喔！是嗎？」

「要不要我替你弄平？」

「不用了。」

（她的眼睛想望穿帽子，看看有什麼祕密。）

「好，把它弄平吧！」

「你怎麼這樣不小心，把帽子弄得這麼糟糕。」

（乾脆說了算了。嘖！真是。）

這樣錯綜的去想過去的事情，已經變成了坤樹的習慣。縱使他用心提防再不這樣去想也是枉然的了。

他失神的坐在工作室，思索著過去生活的片段，即使是當時感到痛苦與苦惱的事情，現在浮現在腦際裡亦能撲得他的笑意。

「坤樹。」

他出神的沒有動。

「坤樹！」比前一句大聲的。

他受驚的輕過身，露出尷尬的笑容望著經理。

「快散場了，去把太平門打開，然後到寄車間幫忙。」

一天總算真正的過去了。他不像過去那樣覺得疲倦。回到家，阿珠抱著阿龍在外面走動。

「怎麼還沒睡？」

「屋子裡太熱了，阿龍睡不著。」

「來，阿龍——爸爸抱。」

阿珠把小孩子遞給他，退著走進屋子裡。但是阿龍竟突然的哭起來，儘管坤樹怎麼搖，怎麼逗他都沒有用，阿龍愈哭愈大聲。

「傻孩子，爸爸抱有什麼不好？你不喜歡爸爸了嗎？乖乖，不哭不哭。」

阿龍不但哭得大聲，還掙扎著將身子往後倒翻過去，像早上坤樹打扮好要出門之前，在阿珠的懷抱中想掙脫到坤樹這邊來的情形一樣。

「不乖不乖，爸爸抱還哭什麼。你不喜歡爸爸了？傻孩子，是爸爸啊！是爸爸啊！」坤樹一再提醒阿龍似的：「是爸爸啊！爸爸抱阿龍，看！」他扮鬼臉，他「嗚魯嗚魯」的怪叫，但是一點用處都沒有。阿龍哭得很可憐。

「來啦！我抱。」

坤樹把小孩子還給阿珠，心突然沉下來。他走到阿珠的小梳妝檯，坐下來，躊躇的打開抽屜，取出粉塊，深深望著鏡子，慢慢的把臉塗抹起來。

「你瘋了！現在你打臉幹什麼？」阿珠真的被坤樹的這種舉動嚇壞了。

沉默了片刻。

「我，」因為抑制著什麼的原因，坤樹的話有點顫然的：「我，我，我……」

（原載於一九六八年二月《文學季刊》第六期）

第26課——衝突

三個安安靜靜的眼神

在這個只有一條馬路的小村子，要真正保有什麼祕密，大概是非常困難的吧！

——童偉格，〈我〉

試著想像這樣一個畫面：兩輛汽車迎面對撞之後，車上各走下來一個人，兩人互瞄一眼之後，緊接著會發生什麼樣的衝突？在一般人的想像裡，不外乎底下這兩種：一是勒住對方脖子幹架的肢體衝突；二是問候彼此祖宗八代的言語衝突。

除了上面兩種直接的衝突之外，其實還有另外一種不顯眼的衝突，也就是肢體和言語之外，安安靜靜的衝突。

這一堂課，我們就來聊一聊安安靜靜的衝突，用簡單一點的話來說，就是「冷戰」。底下以小說家童偉格的短篇小說〈我〉為例。

小說裡有一段非常精采的母女冷戰。故事梗概如下：

「我」的爸爸出海捕魚失蹤，為了養家，媽媽只好到金北海活魚三吃當招待。當時的「我」還是個孩子，而姊姊已經在外地讀大學了。有一天，姊姊問弟弟，知不知道媽媽常常晚上偷偷跑出去？知不知道媽媽跑去哪裡了？弟弟搖搖頭，姊姊跟弟弟說以後注意一點。

有一天晚上，姊姊把弟弟叫醒，強拉著他站在門外的大馬路旁。弟弟問姊姊到底要做什麼？姊姊說，我們等，等媽媽回來。直到天快亮了，一輛汽車載著媽媽回來，車子停在轉角，安靜了許久之後，車子才倒車開走，然後媽媽慢慢從轉角走了出來。

任誰都知道，這時母女之間的衝突一觸即發。

該選擇哪一種衝突？小說家可以選擇肢體的衝突，也可以選擇言語的衝突，但他

●〈我〉，童偉格／著（一九九九年）

選擇了第三種，安安靜靜的衝突。小說是這樣寫的：「我媽媽慢慢從轉角走出來，慢慢走近我們，我姊姊看著我媽媽，我看著我姊姊和我媽媽，我媽媽什麼也沒看，推開門，進到屋裡去了……」沒有肢體，也沒有言語，只有三個安安靜靜的眼神，就把彼此之間的衝突，精準無比的呈現了出來：姊姊的質問、媽媽的迴避、弟弟的困惑。

母女的衝突無聲的持續著：「以後有很多次，我姊姊會一言不發的把我吵醒，要我一起站在外面等。我問我姊姊，如果她一直注意著媽媽，為什麼不在媽媽出門時就攔住她……有時候我有一種衝動，我想問問我姊姊，這麼做到底有什麼『意義』？」

當然有意義！姊姊用一種無聲的抗議，試圖阻止母親暗地裡做的事。那為什麼要帶著弟弟呢？因為如此一來，站在反面的抗議力量會更大。

後來，姊姊決定不念書，要結婚了，而且結婚前一天才告訴媽媽。媽媽沒有反對，她沉默的點點頭，答應去參加婚禮。喜宴的過程中，每個人都來找媽媽敬酒，但她依舊沉默不說話。

直到喜宴結束，媽媽帶著弟弟坐上火車要回家時，她這才說話了。她對自己的兒子說：「你冷不冷，外套能不能給媽媽穿……」

天氣冷嗎？當然不是。就算天氣冷，媽媽也不可能跟兒子要衣服穿。平庸的小說家筆下，不合理的地方就是不合理；但優秀的小說家筆下，不合理的地方通常別有用意。這裡的冷別有用意，它指的是姊姊所做的一切，讓媽媽心冷。在優秀的小說家筆下，即使衝突開了口，變成了話語，依舊安安靜靜。安安靜靜的衝突常常比刀光劍影、血流成河更有張力，因為它是一張懸在心底的網，柔軟，卻永遠破不了。

第27課——凌遲

守著祕密的同謀者

他是十年生死兩茫茫，我和龍兒已相隔一十六年了。他尚有個孤墳，知道愛妻埋骨之所，而我卻連妻子葬身何處也自不知。

——金庸，〈神鵰俠侶〉

我有個女性友人，她們家有四姊妹，姊妹中就屬她和父親最親。怎麼個親法？她說她和父親之間有一個祕密，只要她缺錢，就會去客廳的書櫃翻一本她小時候最喜歡的書《紅色羊齒草的故鄉》，書裡永遠藏有一張鈔票，從小學的十元鈔、中學的五十元、百元鈔，到如今的千元鈔。那是她和父親之間的祕密，二十多年來，沒有其他姊妹知道這件事，連她母親也不知道。這個祕密仍在持續進行中。

因為祕密，把她和其他姊妹區隔開來了。陽光燦爛時，她和其他三姊妹都是一樣的，大家都是一家人，不分彼此；但只要一關燈，她的身上就會發出和父親一樣的螢光，只有他們兩個才是一國的，其他人都被摒除在外。

大抵而言，祕密就是「隱密而不讓人知道的事」，也就是不能說的；或者應該這麼說，說了就不是祕密了。但有些小說家不僅不極力隱瞞祕密，還故意把祕密的簾子掀開，好讓讀者探頭進去看個究竟。為什麼這麼做呢？因為小說家知道，讀者一旦知道了祕密，就會被捲進故事裡，陷入「為你歡喜為你憂」、喜怒哀樂無法自拔的情緒裡。舉一個知名的例子，金庸〈神鵰俠侶〉裡的南海神尼橋段，故事梗概如下：

身中劇毒的小龍女跳崖自盡之前，故意在崖邊寫下「十六年後，在此重會，夫妻情深，勿失信約」十六個字，目的是希望留給楊過一個希望，以免他一時衝動想不開，跟著跳下懸崖。小龍女心想，只要日子一久，感情淡了，到時候就算楊過知道了事情的真相，也不至於做出什麼衝動的事。

●〈神鵰俠侶〉，金庸／著（一九五九年）

聰明的黃蓉看穿小龍女的心意，於是順勢揑造了「南海神尼」這個不存在的人物。她說南海神尼乃佛門中的大聖，佛法與武功都深不可測，惡人遇到她是前世不修，好人遇到了，她老人家必有慈悲。只是她十六年才到中土一次，所以少有人知道她的大名。小龍女肯定是被南海神尼收作徒兒，帶到南海去了。因此，她要楊過好好保重自己，十六年後，必能和小龍女重逢。

上述這段情節有一個重要的關鍵，那就是讀者的角色，讀者不是站在楊過那一邊，而是黃蓉這一邊，因為讀者知道這個世界上根本沒有南海神尼這號人物，黃蓉說的是善意的謊言。從此，讀者和黃蓉成了同謀者，守著同一個祕密。

表面上，黃蓉施了一個妙計，救了楊過；然而實際上，是小說家施了一個詭計，對讀者展開了長達十六年的凌遲，因為從讀者知道祕密的那一刻開始，折磨就開始了。

漫長的十六年，楊過只要默默等候時間的流逝就行了，但知道了祕密的讀者卻必須擔心：如果祕密洩露了該怎麼辦？如果楊過永遠忘不了小龍女該怎麼辦？如果……我們在擔心受怕中，捱了十六年。

十六年終究還是來了，在楊過的等待，以及讀者的揪心中來了。楊過重回斷腸崖，滿心歡喜的等小龍女出現。這時候讀者的折磨加劇了，因為守了十六年的祕密就要被揭穿了，要被揭穿了，揭穿了……如果楊過知道這十六年來，他一直守護的不過是個可笑的謊言罷了，那他一定會承受不住而崩潰的，到時候一切又回到了原點。不，比原來更慘，以楊過剛烈的個性，除了悲傷之外，必然還夾雜著巨大的失落、憤恨，以及世界末日般的瘋狂……到時候楊過一定會從斷腸崖上往下跳的，甚至玉石俱焚的大開殺戒，該怎麼辦？怎麼辦？誰來救救楊過……

有些祕密不能說，但有些祕密最好讓你的讀者知道，因為祕密會帶來折磨，時間一拉長，折磨就成了凌遲。有了凌遲，就有了吸引目光的故事鉤，屆時讀者只能揪著心，不停的翻到下一頁，再下一頁。

第28課——內心景觀

萬事萬物都是活的

振保認識了一個名叫玫瑰的姑娘，因為這初戀，所以他把以後的兩個女人都比作玫瑰。

——張愛玲，〈紅玫瑰與白玫瑰〉

通俗與嚴肅文學的差異為何？兩者之間，真有那麼一條楚河不犯漢界的分隔線嗎？我喜歡以言情小說來說明這兩者之間的異同。坊間大量生產的言情小說，裡頭的主角其實是愛情，人物淪為搖旗吶喊的道具。相反的，優秀小說家筆下的愛情故事，主角永遠是人，愛情不過是拿來烘托人性的道具。

也就是說，側重人性的離嚴肅文學近一點，偏重故事的靠通俗文學近一些。

這堂課我們就來聊一聊，如何用愛情這個道具來烘托人性。前面既然提到通俗與嚴肅之別，又以言情／愛情小說舉例說明，那麼就非得以張愛玲的小說為例不可。

張愛玲擅寫男女情愛，早期被歸類在鴛鴦蝴蝶派，後來被夏志清寫進《現代中國小說史》，與魯迅、茅盾等文學大師平起平坐，可見她的小說橫跨通俗與嚴肅。其中，她最為人所熟知的小說首推〈紅玫瑰與白玫瑰〉和〈傾城之戀〉，這堂課就以〈紅玫瑰與白玫瑰〉為例。

小說男主角叫佟振保，是個坐懷不亂的柳下惠（不是事實，而是自我感覺良好），因為工作的緣故，借住朋友家。女主角王嬌蕊是朋友的老婆，聰明、直爽，敢愛敢恨，從不隱藏自己的情感。

男女主角第一次見面時，王嬌蕊正在洗頭，滿頭泡沫，但她一點也不以為意，大方握了佟振保的手。這時有一點肥皂泡沫濺到佟振保的手背上。

這原本是一件小事，但善於描繪男女心理的小說家這樣寫道：

他不肯擦掉它，由它自己乾了，那一塊皮膚上便有一種緊縮的感覺，像有張嘴輕

●〈紅玫瑰與白玫瑰〉，張愛玲／著（一九四四年）

輕吸著它似的。

之後，佟振保心中開始不安了起來，他老覺得有張小嘴吮著他的手。大部分創作者滿腦子想的都是如何讓筆下的男女主角來一段轟轟烈烈的邂逅，但小說家卻巧妙的利用泡沫的物理性（乾了會緊縮），將不起眼的泡沫，轉化成讓人心癢難耐的小嘴，不停吸吮著男主角的內心。

隨後，佟振保還是去洗手了，但泡沫小嘴發生作用了，他開始胡思亂想。當時王嬌蕊身上穿的是一件沒有繫上帶子的紋布浴衣，鬆鬆的合在身上。

事實上，「紋布浴衣」這樣的描述乍看之下一點也不怎麼吸睛，但小說家就是有辦法來來回回兜上幾個圈子，三轉兩轉，把死的寫成活的。小說家描述道，振保邊開水龍頭，邊胡思亂想：

從那淡墨條子上可以約略猜出身體的輪廓，一條一條，一寸一寸都是活的……他開著自來水龍頭，水不甚熱，可是樓底下的鍋爐一定在燒著，微溫的水裡就像有一根熱的芯子。龍頭裡掛下一股水一扭一扭流下來，一寸寸都是活的。

小說家利用浴衣上一條一條的「條紋」，跳接到浴衣裡一寸一寸的「身體」，浴衣瞬間活了起來。

隨後是水龍頭，雖然水龍頭不像浴衣緊貼著王嬌蕊的身體，但小說家不急，一步一步來，先從水龍頭聯想到鍋爐，再從鍋爐聯想到熱的芯子，熱的芯子自然而然又讓人聯想到情慾，這時水龍頭剛好流下一扭一扭的水，在佟振保的情慾作祟下，水流也一寸一寸的活了起來。

神奇吧！小說家三、兩下就讓泡沫活了起來，浴衣活了起來，水流活了起來。事實上，你也可以，只要記得一直往人物的內心方向去就行了；只要你不迷路，在溫熱的內心裡轉個一、兩圈之後，冰冷的現實就會變成人物內心景觀的一部分，帶著溫度，活靈靈的走出來，與讀者見面。

第29課——寂寞

牆上的綠手印

我們那時候太忙著談戀愛了，哪裡還有工夫戀愛？

——張愛玲，〈傾城之戀〉

或許是我個人的偏見，以前我老覺得女人只要一安靜下來，寂寞就開始纏身。後來我發現這確實是一個偏見，因為不只女人如此，年輕人更是如此，不管喧囂還是靜默，寂寞似乎無所不在。我之所以有這樣的偏見，那是因為我看到愈來愈多年輕創作者不斷的在作品裡「呼喊寂寞」。

沒錯，呼喊寂寞，用嘴巴大聲叫出來的寂寞。

所以小說創作課時，我常請寂寞的年輕人暫時閉上嘴巴，試著用其他方法把寂寞表達出來，無論哪一種寂寞都可以，唯一的要求就是不准出現「寂寞」這兩個字。如果有人無論如何都寫不出來，那麼我會請他直接翻開張愛玲的〈傾城之戀〉。

女主角白流蘇是個離了七、八年婚、沒有經濟能力、住在娘家吃閒飯、不時被人冷嘲熱諷、二十八歲的老小姐。一開始她接近男主角范柳原完全不是因為愛，大半是為了經濟上的安全，剩下則是為了出一口怨氣（家人瞧不起她）。但問題就出在范柳原也沒安什麼好心，在感情上，他是個浪蕩子。

所以兩人第一次親密接觸之後，隔天范柳原就對白流蘇說，我要回英國去，一年半載之後才會回來。她要求帶她一起走，他說那是不可能的，他唯一能做的就是在香港幫她租個房子，讓她好好的等他，於是寂寞來了。

我們來看看小說家如何書寫寂寞。

范柳原幫白流蘇租了一棟房子，買了幾件家具之後就回英國了，房子的後續問題，白流蘇得自己解決。

首先是漆房子，小說寫道：

●〈傾城之戀〉，張愛玲／著（一九四三年）

> 客室裡門窗上的綠漆還沒乾，她用食指摸著試了一試，然後把那黏黏的指尖貼在牆上，一貼一個綠跡子。為什麼不？這又不犯法？這是她的家！她笑了，索性在那蒲公英的粉牆上打了一個鮮明的綠手印。

綠手印！多麼怵目的畫面啊！它至少代表了兩件事。一、表面上白流蘇看似放肆自主，愛怎樣就怎樣，實則暗示這是間沒有男主人的家。二、白流蘇心底有一個洶湧的情緒，綠手印正是情緒的發洩，只是讀者目前尚不知那個情緒是什麼。

再來是買燈管，小說寫道：

> 房間太空了，她不能不用燈光來裝滿它。光還是不夠，明天她得記著換上幾支較強的燈泡。

光能用來裝滿房間嗎？就算再強的光也不可能，光不過是用來凸顯房間的空洞，而房間的空洞正強烈暗示了白流蘇內心的空虛，這時敏銳的讀者已經察覺前面的綠手印代表的其實就是寂寞。

刷完油漆（丟出引子）、買完燈管（拋出暗示），忙完房子的事，白流蘇終於有時間想自己的事了。這時小說家終於願意帶我們走進女主角的內心世界了。

她怎樣消磨這以後的歲月?找徐太太打牌去,看戲?然後漸漸的姘戲子,抽鴉片,往姨太太們的路子上走?她突然站住了,挺著胸,兩隻手在背後緊緊互扭著。那倒不至於!她不是那種下流人,她管得住她自己。但是……她管得住她自己不發瘋麼?

所以千萬別小看了刷油漆、買燈管這等小事,因為有了它們的接力演出,女主角才能一步一步看清楚自己心底那個空蕩蕩的、呼喊著的,究竟是什麼。有了它們的暖場,寂寞才能好整以暇、豐沛飽滿的出場。有了它們的證明,讀者才有可能結結實實的被說服:對白流蘇而言,寂寞真的會讓人發瘋!

第十章

自訂規則

● 邏輯會把你從A帶到B，但想像力能帶你去任何地方

第30課——自訂規則

老子就是想變成蟲

縱然厭惡，也只能忍受下去，唯有容忍才是家人應盡的義務。

——卡夫卡，〈蛻變〉

漫畫《火影忍者》裡有一個角色叫熱血阿凱，他是少年忍者們的老師。阿凱老師不管做什麼事（上至戰鬥，下至猜拳）都喜歡自訂規則。什麼是自訂規則？舉例來說，阿凱老師有一次和對手比賽猜拳時，自訂了一個奇怪的規則：「如果猜拳輸了，我就繞著村子倒立走五百圈。」

表面上，這個規則完全沒什麼道理。第一、微不足道的猜拳，居然押上這麼巨大的賭注，兩者極不相稱。第二、規則只用在自己身上，輸了要倒立，贏了卻沒什麼好處。

阿凱老師為什麼要訂這麼奇怪、這麼不利於自己的規則呢？他是這麼說的：「『自訂規則』其實蘊含著下次絕對會打敗對手的神祕力量，也就是說，利用輸了就必須倒立走五百圈的枷鎖，讓自己用認真的態度去面對猜拳這種再簡單不過的戰鬥，這就是『自訂規則』的優點之一。除此之外，就算輸了，也可以藉此進行自我訓練。所以說穿了，『自訂規則』其實就是一種極致的雙重構造。」

我非常喜歡上面這一段敘述，因為它違反現實，但聽來卻鏗鏘有力。小說創作者就應該像阿凱老師這樣，自以為是的、專制獨裁的對抗現實。

今天我們就來聊一聊小說裡的專制與獨裁——自訂規則。

我個人認為最會自訂規則的小說家非卡夫卡（Franz Kafka）莫屬，不信我們來看一看他的代表作〈蛻變〉（Die Verwandlung）。故事梗概如下：

> 主人翁是個正直、勤勞、善良的推銷員。雖然他並不喜歡推銷員這個工作，但為了家裡的生計（他家於五年前破產），只好一直從事他不喜歡的工作。然而有一天，主

●〈蛻變〉，卡夫卡／著（一九一五年）

人翁一覺起來，卻莫名其妙變成了一隻大甲蟲。從此，他的人生大亂，原來依賴他的父母、敬重他的妹妹，全都慢慢變了樣，甚至希望他能從這個世界上消失。故事到了最後，主人翁（仍是甲蟲）在教堂的鐘聲中，靜靜死去。家裡沒有任何一個人為他的死感到難過，反而全都鬆了一口氣，甚至歡歡喜喜的相約去野餐。

有不少人從「人的存在到底是怎麼一回事」來探討這部小說，為什麼一個外貌上的轉變，人就從家庭的生活重心，變成了棄之唯恐不及的累贅？

但我想問的卻是，為什麼讀者不在意「人毫無理由的變成甲蟲」這件事，彷彿人不變成甲蟲還比較奇怪一些。

現在，就讓我們回頭尋找一下，主人翁究竟是在小說的哪一個章節，哪一個段落變成甲蟲的？

答案是整部小說的「第一句話」，它是這麼描述的：

早上，戈勒各爾．薩摩札從朦朧的夢中醒來，發現自己躺在床上，變成了大毒蟲。

試著想像一下，如果競賽來到一半了，才有人喊著「我們需要規則」，那麼玩家通常會就規則的合不合理爭吵個老半天。反之，如果競賽一開始的時候，就先訂下規則，那麼大家就會在不知不覺中被這個規則制約，毫無反抗能力的一路遵守，繼續玩下去，一點都沒察覺到這個初始訂定的規則是多麼的荒謬、不合理。

但也不是一直耍無賴就可以了，當小說來到結尾的時候，如果意義的強度沒有壓過一開始的自訂規則時，那麼就真的只是耍無賴罷了。就像〈蛻變〉，正因為結尾「人的存在性」，遠比一開始「人變成甲蟲」的意義強大許多，所以讀者被成功的轉移了焦點。

所以請記得，創作（或虛構）小說的你，擁有至高無上的訂定規則權力，千萬別被現實這個可怕的敵人牽著鼻子走，只要你有更重要的話要說，千萬別客氣，大膽訂下你自己的規則吧！但請同時記得，規則定得愈早，反駁你的傢伙就愈少。

第31課——因果

開往各種可能性的小說

> 長大以後讀了那歌詞，覺得好失望喔。只不過是關於墨西哥的歌嘛。我覺得國境之南應該有更不得了的東西呀。
>
> ——村上春樹，〈國境之南．太陽之西〉

在戲劇節目裡，我們常常聽到「殺父之仇不共戴天」或者「亂我兄弟者，必殺之」這一類的話。這類話有一個共通的特色，那就是因果關係無比的清晰——A重重傷害了B，所以B（或其子女、兄弟）必須使盡全力向A（或其子女、兄弟）討回來。

但有一種小說，它想講的剛好跟上面的例子完全相反。甲人做了乙事，但動機不明、目的也不明，也就是甲人與乙事之間的因果關係，無比的曖昧，費人疑猜。

舉日本小說家村上春樹作品〈國境之南．太陽之西〉為例，故事梗概如下：

有一種病叫「西伯利亞歇斯底里」，那是住在西伯利亞的農夫會得的病。獨自一人住在西伯利亞的農夫，每天、每天耕著田。太陽從東方升起，他就到田裡工作；太陽升到頭頂，就停下工作吃午飯；太陽沉入西方就回家睡覺。突然有一天，農夫體內的某個東西忽然啪一聲斷掉死去了。於是他把鋤頭丟了，著了魔似的，一連好幾天不吃不喝，朝著太陽之西走去，最後倒在地上，死了。

活得好好的農夫為什麼要拋棄一切，朝不明不白的「太陽之西」走去？他體內究竟是什麼東西忽然「啪一聲斷掉死去」？

「忽然啪一聲斷掉死去」↓動機不明；「太陽之西」↓目的不明。

如果我們把「殺父之仇不共戴天」之間的因果相關係數定為「1」，那麼「西伯利亞歇斯底里」之間的因果相關係數大概就是「0」了。

這堂課，我主要是想跟大家分享一篇因果相關係數大約「0.3」的小說〈離家少年〉，

●〈國境之南．太陽之西〉，村上春樹／著（一九九二年）

故事梗概如下：

一個十六歲的少年，因為父親早死，所以年紀輕輕就挑起家裡的生計重擔。有一天，少年工作的工廠突然出了一點狀況，所以少年得以提早一個小時回家。提早回家的少年，因為屋子裡的母親正在煮晚飯，她背上的嬰兒哭個不停，地上的弟弟妹妹打成一團，母親沒空管教一屋子的孩子，只好任由他們大聲哭鬧。

沒有人知道少年回來了，少年這時完全不想進屋去，所以就獨自靜靜的坐在屋前的台階，愣愣的望著屋前一條彎彎曲曲不知通往何處的小路，以及路的盡頭之上的夕陽。

再過半小時，太陽就要下山了，天色已經一點一滴的開始變暗了。望著屋前彎彎曲曲的小路，看看即將西沉的夕陽，少年的背後依舊是日復一日母親身上永遠揮之不去的難聞油煙，以及似乎永遠停不下來的弟弟妹妹吵鬧、哭泣聲。看著看著，少年突然站了起來，頭也不回的朝著即將落下的夕陽走去。

從此，少年再也沒有回來過。

〈離家少年〉是我個人非常喜歡的一篇小說，但我完全不知道作者是誰，雖然我曾多次試著尋找這篇小說的出處，但終究徒勞。所以，我有時會阿Q的把它當成我在潛意識裡自己創造出來的小說。

我之所以如此喜歡這篇小說，是因為作者巧妙的設計了一個「空白」的動機和目的地（離開的動機↓「身後吵雜的一切」↓象徵了××；前往的目的地↓「即將消失的夕陽」↓象徵了××），好讓每個讀者都能依照自己的生命經驗，填入只有讀者自己一個人知道，並且滿意得不得了的答案。

我自己的答案是——少年身後那些惱人的聲音是好的、是對的、是作為一個好人必須默默忍受、承擔的，但他累了、倦了，他希望過的是充滿可能性的人生，於是他選擇了離開（拋棄家人）。從此，他就由世俗的善轉為惡了……

正因為〈離家少年〉這篇小說的因果關係微弱，所以讀者才有機會坐上機長的位置，當起故事的駕駛員，將小說的機頭往上拉起，開往各式各樣的可能性。

第32課——想像力

輕功和鬼來電

我相信的是一個人，而不是人所陳述的那個故事。

——許榮哲，〈為什麼都沒有人相信〉

如果只能二選一，那麼你覺得輕功和鬼來電，哪一個比較可信？

寫小說時，我喜歡把故事的繩套胡亂往天空一拋，不管抓到「活人天上飛」，還是「死人說活話」都無所謂，因為我很清楚，隨後只要展開「自圓其說」的旅程就行了。

這種天馬行空式的寫法有一個麻煩，也有一個優點。麻煩是很容易寫著寫著，就身陷泥淖，怎麼樣都拔不出腿來，成了斷頭小說。優點是柳暗花明之後，搞不好會撞見一個令你永生難忘的桃花源風景，充滿了想像力的小說。

我個人的算計是……為了一處充滿想像力的桃花源，斷個幾千幾百次頭都划得來。

如果有一天，一個病態撒謊鬼在凌晨三點打電話給你，虛弱的在電話那頭對你說：「你相信我已……經……死……了嗎？」（也就是「鬼來電」）這時你該如何回應？以上是我自己的小說〈為什麼都沒有人相信〉的情節，我喜歡用它來講解小說的想像力——小說該如何讓想像力起飛，並且一路續航，永不墜地。故事梗概如下：

小說的敘事者「我」叫蕭國輝，是個每天渾渾噩噩的大學重考生，女主角叫周月雅，是蕭的補習班同學（重考多年、精神狀態不穩定），坐在補習班最角落，蕭國輝的旁邊。

某天，兩百五十人的大教室裡，上課上到一半，周月雅突然一邊手抄筆記，一邊喃喃哭訴著發生在她身上的悲慘故事。一開始，「我」只覺得周月雅身世可憐，後來輾轉證實，她口中「自己的故事」，全都是從八卦雜誌偷來的，也就是說，周月雅不過就是一個寂寞的病態撒謊鬼。

小說支線是「我」的同學陳建宏（大學落榜、正在當兵），因為不適應軍中生活，

●〈為什麼都沒有人相信〉，許榮哲／著（二〇〇二年）

每次放假就來找蕭國輝，大部分話題都圍繞在他認識一個會輕功的人，如果哪天讓他學會，那麼欺負他的人就要倒大楣了。對於輕功這件事，敘事者「我」只當對方在胡扯。

故事繼續往下發展，認為自己一輩子也考不上大學的蕭國輝，最後連補習班也不去了，然而周月雅依舊每天凌晨三點打電話來，喃喃訴說自己的悲慘故事。

時間來到大考前一天，這一天和平常沒什麼兩樣，凌晨三點，電話鈴聲響起，蕭國輝本能的從床上蹦起，接起電話。沒錯，又是周月雅，全世界只有周月雅會在這個時候打電話來。

周月雅在電話那頭說：「明天就要聯考了，聯考完你就會搬離這兒，那我就再也不能講我的故事給你聽了，所以今天所有的故事都必須有一個結局對不對？」

周月雅講話的同時，窗外突然有個不明物體閃了過去。

「蕭國輝，自從你不來補習班之後，我就變得非常、非常的孤單，再也沒有人相信我。我……自……殺了。你相信我已經死了嗎？」

這時，「鬼來電」的情節出現了！

窗外的不明物體，就像武俠小說裡的「草上飛」一樣，一蹦一彈一跳的躍上河濱公園的大探照燈上。

蕭國輝仔細一看，探照燈上站的正是他的同學陳建宏。遠遠的，陳建宏的嘴巴一張一闔：「我……已……經……學……會……輕……功……了。」

幾乎同一時間，「輕功」的情節也登場了。

電話那頭，周月雅又重複一遍：「蕭國輝，你相信我已……經……死……了嗎？」

在一般人的認知裡，不管是主線「鬼來電」，還是副線「輕功」，在現實裡都是不可能發生的事。然而有一天，其中一件事居然成真了，於是乎對敘事者「我」而言，另外一件事也就沒什麼不可能的了。

一種近似於數學上的邏輯推理：

∵輕功ＯＫ

∴鬼來電也ＯＫ！

望著窗外的陳建宏，「我」只覺得全身暖暖的，他沒有騙我，他說的都是真的，真的有輕功這麼一回事。這時「我」回頭，語氣堅定的對著電話筒說：「我相信你，從來我就相信你。」

「我就知道全世界只有你相信我，只有你知道我知道，我說的都是真的。」周月雅幽幽的說。

小說在這個地方結束了，輕功成為現實，而周月雅的生死則成為永遠的謎。表面上，小說靠副線（輕功）成功的打下一支「理性」的樁，讓主線周月雅的話變得可信起來。然而一部好的小說，還必須有一支「感性」的樁。

細細推究，真正讓蕭國輝說出「我相信你，從來我就相信你」的，其實是「同理心」。一種寂寞的人相濡以沫的共通情感，如小說裡的這兩段話：「後來我一直在想關於『相不相信』這檔事，我想我相信的是一個人，而不是人所陳述的那個故事」、「我想她需要有人可以傾訴，而我需要有人跟我說說話，我們是漂浮在黑暗世界裡彼此的浮木」。

正因為有了「感性」的樁，故事來到最後的時候，事情的真相（真的？假的？）對讀者而言，其實已經退得很遠、很遠，而不再那麼重要了。

一開始就讓小說衝上天際並不難，只要天馬行空的胡扯就行了，真正難的在於小說如何直至終點，依舊翱翔在天際，這才是真功夫。

第33課 障眼法

華麗的舞台魔術

眾諸侯聽得關外鼓聲大振，喊聲大舉，如天摧地塌，岳撼山崩，眾皆失驚。正欲探聽，鸞鈴響處，馬到中軍，雲長提華雄之頭，擲於地上，其酒當溫。

——羅貫中，《三國演義．溫酒斬華雄》

大家都知道魔術是假的，但為何還是常常被台上那些華麗的演出唬得一愣一愣的？舉個例子：魔術師將一名美女關進籠子裡，和老虎共處一室，緊接著拉上黑幕，美女尖叫、老虎咆哮，但觀眾卻什麼都看不到。等到尖叫、咆哮，以及觀眾的驚叫都停了之後，魔術師這才緩緩拉開黑幕，這時老虎還在，只是嘴角多了一抹鮮紅的血，嘴裡不知啃著什麼東西，咔啦咔啦的，至於美女——已經變成一堆白骨了。

魔術各有巧妙不同，其中最常使用的手法恐怕非「障眼法」莫屬。試著想一想，如果魔術師不拉上黑幕，任由台下觀眾看個明白，那麼他們恐怕會看到如下的畫面：籠子下方的密門被推開，工作人員拖著一串人形骸骨和帶血的豬骨頭上來。美女一邊尖叫，一邊鑽進地洞。老虎一看到帶血的豬骨頭，立刻咆哮著衝上前來，工作人員一慌，來不及丟豬骨頭，就連同自己的小指頭被叼走了……

有些東西的價值在於看不見的地方；說穿了，講白了，就不值一文錢。

舉《三國演義》裡的一段情節為例：

東漢末年，三國尚未鼎定。曹操、袁紹、公孫瓚等人結盟對抗亂政的董卓。某次戰役，董卓大將華雄殺得眾人無招架之力。這一天，華雄又來叫陣，眾人被困在帳內，一籌莫展。

當時的關羽不過是個站在公孫瓚背後的小小馬弓手，他看眾人愁眉苦臉的樣子，忍不住冷笑一聲，說：「小小華雄算什麼，我這就去砍了他的頭，如果砍不了，就換你們來砍我的頭。」眾人都不相信眼前這個紅臉漢子有這麼大的能耐，但迫於情勢，只好

●《三國演義．溫酒斬華雄》，羅貫中／著（十四世紀）

讓他一試。

正當關羽提刀要出帳時，相對之下比較識英雄的曹操倒了一杯熱酒給他，請他喝完再上戰場。但關羽卻笑著說，酒先寄放在這，我很快就回來了。說完，立刻出帳應戰。

這時，小說的鏡頭並沒有跟著關羽出去廝殺，而是繼續留在帳內聽大家的對話，眾人你一言我一語，這個紅臉漢子是誰，好像很厲害的樣子，有立過什麼了不起的戰功沒有？只是言談之中，眾人還是眉頭深鎖，不時長吁短嘆，對紅臉漢子不敢抱太大的期望。這時對比的是帳外殺聲震天，戰況激烈。

正當眾人想派個人去打探消息時，關羽正好提著華雄的人頭走進帳來，豪氣的說：「華雄的人頭在此。」眾人又驚又喜，曹操連忙起身敬上剛才那杯酒，關羽仰臉喝下時，酒還是溫的。

羅貫中筆下這段「溫酒斬華雄」的故事，利用小說的障眼法，隔著一道薄薄的簾幕，以及一杯怎麼看都不起眼的溫酒，就成功替換掉外頭的血流成河，以及小說家的長篇大論，不費吹灰之力就把關羽塑造成一個萬夫莫敵的英勇戰將。

雖然讀者沒有親眼見到關羽打敗華雄（搞不好簾幕一拉開，讀者看到的是關羽狼狽出糗、僥倖勝出的那一面），但請相信讀者的想像力，小說家再怎麼描述，都比不上讀者自己的想像。想像永遠比現實華麗！

除了上述的小說技巧，有一個東西值得跟大家分享一下。在正史《三國志》裡，華雄真的不是關羽殺的，是吳國的小霸王孫堅。

第34課——人情世故

比橋和鹽更重要的東西

快了，差不多割稻後兩個星期就是我們歪仔歪謝平安做大戲的時候。但是你不睡怎會到那一天呢？

——黃春明，〈青番公的故事〉

有一種說法是：詩人最好的作品出現在年輕時，小說家則相反，年紀愈大寫得愈好。對於這種說法，我持保留態度，但有一點是可以肯定的，那就是年紀愈大，愈能掌握「人情世故」。

所謂人情世故，就是為人處世、應對進退的方法。

隨著年紀增長，每個人的橋都會愈走愈長，鹽也會愈吃愈多，但好的小說家知道重點不是長和多的問題，而是橋和鹽背後那個閃閃發亮的東西——人情世故。

這堂課就以黃春明作品〈青番公的故事〉為例，來聊一聊人情世故。梗概如下：

故事發生在一個臨近宜蘭濁水溪，名叫「歪仔歪」的村子，那裡土地肥沃，但常鬧大水，不過村子裡的人不怕，因為他們有老祖宗留下來的智慧。

那時候村子裡的人在園裡工作只要一挺身休息，就順眼向大濁水溪深坑一帶的深山望去，要是在雲霄上的尖頂（他們叫做大水帽）一連一個星期都被濃密的烏雲籠罩著看不見的話，他們的心就惶恐起來，再看宜蘭濁水溪水比往常更混濁而洶湧時，下游的人就開始準備搬東西了，這是歪仔歪村民生存的經驗。再等到深山裡的雄蘆啼連著幾天，突然棲息在相思林哀啼，就開始將人員和畜生、貨物疏開到清水溝丸丘上，又將橫在屋簷下的竹筏放下來待用。

簡單來說，當山頂的大水帽失蹤，再加上雄蘆啼突然啼叫，就是山洪暴發的徵兆。

然而某次大水來了，村裡的人卻來不及逃，原因是有個叫秋禾的傢伙，到山上撿

●〈青番公的故事〉，黃春明／著（一九六七年）

柴的時候，捉了兩隻雄蘆啼回來。有人勸他放生，但他卻把牠們殺了，烤來吃。因此，當山洪爆發時，少了報信的雄蘆啼，村人自然死傷慘重。

以上，我們當然可以輕易的解釋為自然的反撲之類的，但我在意的其實是老祖宗的智慧，他們如何與大自然相處，並在其中找到應對進退的方法，也就是人情世故。

〈青番公的故事〉裡的人情世故俯拾即是，如：

當大水來臨的時候，老祖父是這樣說的：「阿成！快把小孩子揹走——青番，你快到豬圈裡把豬放生，還有牛、雞、鴨都放了——快！女人不要哭了，快跑呀！看哪裡穩就往哪裡跑。」

人情世故教會老祖父，被關在籠子裡的動物，和家人同等重要。

當少年溺水時，村人是這樣做的：「他們把癱軟得像一條棉被的青番，面向下的橫披在牛背上，然後牽著牛在原地上打轉，這樣牛走步的震動就使青番肚子裡面的濁水都吐出來了。」

人情世故教會村裡的人，老牛不只會拉犁，牠還可以取代救命的一一九、CPR。

大水過後，受害最慘烈的是青番和阿菊。青番未婚，而阿菊大青番六歲，已嫁為人婦，有三個小孩，他們的家人全部罹難。最後，青番和阿菊兩人結為夫妻。

人情世故教會青番和阿菊，活下去最好的方法就是找到一面鏡子，你可以在對方的眼裡看見自己的傷痛，那麼在未來的日子裡，每當活不下去的時候，身旁的這個人便能給你最大的勇氣，雖然這勇氣是對方用悲慘的命運換來的。

結為夫妻的青番和阿菊，重新振作，整理耕地，種下番薯。在番薯藤爬綠村子的一個早晨，準備了清茶四果，來到土地公廟。青番說：「土地公，我就是歪仔歪的吳青番，大水後新種的番薯受您的保佑已經長得很好，今天我們夫妻倆特地備辦清茶四果在此答謝，以後有收成的時候，一定用三牲酒禮來答謝……」

人情世故教會青番和阿菊，活著不能只靠自己，還需要他人的幫忙，所以一定要隨時心存感激，但如果不知道該謝誰，那就謝土地公吧！謝土地公時，最好先用清茶四果，表面上是因為窮，買不起三牲酒禮，但實際上是在暗示土地公：請保佑這一季豐收，那麼土地公祢啊，才會有更好的東西吃。

人情世故不只教我們如何跟人相處，也教我們如何跟大自然相處，它甚至強大到可以教我們跟老天爺打交道時，如何暗暗的、不動聲色的、謙卑的占祂一點小便宜。

不過別忘了，牛頓說過，所有的東西都有反作用力。

活得愈久愈懂人情世故，這點沒什麼問題，問題在於，懂得愈多的人，愈捨不得不說出口，於是人情世故很容易就淪為令人不耐、哈欠連連的道德訓示。小說創作盡量少出現道德訓示，即使是最真摯而誠懇的訓示（姑且稱為「苦口婆心」），都可以免了。

人情世故雖然是一種寶物，但一天到晚把寶物放在嘴邊，巴啦巴啦放送的人，將會非常、非常的討人厭。如何在幾乎不說出口的狀態下，把人情世故表現得淋漓盡致，底下舉一個我所聽過最棒的例子。

有一個美國影集的製作人和七十好幾的老母親坐在電視機前看新聞，看著看著，突然看到了一則新聞「年輕黑人媽媽親手殺了自己的兩個孩子」。製作人邊看邊驚呼：「這……這個母親瘋了不成？」這時，坐在製作人身旁的老母親突然幽幽的說：「我年輕的時候，也曾有過一模一樣的念頭。」

老母親淡淡的一句話，已經把作為一個年輕母親的難處，以及她所走過的那一條艱辛的路，深刻而生動的描繪出來了。從此，每多講一句話，力量就會減少一分。

第35課——繞遠路

小說的訊息傳遞

我們將平地的郵局變成一台車，來往地形偏僻多坍方落石的卡社溪沿岸，幫忙交通不便的部落存錢、寄信。

——李儀婷，〈流動的郵局〉

大家都知道，兩點之間最短的距離是直線，所以規劃開車路線時，距離愈短愈好。至於搭乘的交通工具，則是愈快愈好。

愈短愈好、愈快愈好，依照這樣的準則發揮到極致，那麼哆啦A夢的任意門最好了，咻一下就抵達目的地，然而這會產生一個問題，那就是過程全部消失了。

如果目的地是你的重點，那麼就抄捷徑吧！如果過程才是你的重點，那麼最好繞遠路，如此一來，才能看見平常看不到的風景。

舉個簡單的例子，從台北到宜蘭，走雪山隧道雖然距離短、速度快，但卻什麼都看不到。相反的，沿著山路走九彎十八拐，才能看見最美的風景。

為了讓讀者看到更多的風景，小說家常常捨捷徑而繞遠路，甚至拐了一個好大的彎。拐大彎能看到什麼樣的風景，底下以小說家李儀婷〈流動的郵局〉為例說明。

故事始於一輛開往山地部落的郵局車，流動的郵局車每天固定時間上山幫原住民收發信件，處理郵政事務。老人達曼因為政府禁止打獵，頓時失去了人生目標。後來，在山下工作的女兒塔桑妮告訴他，山下的人很喜歡他做的弓琴（布農族人最主要的樂器），願意用高價購買他的弓琴，於是達曼的生活又有了重心，他每天等著郵局車上山，把做好的弓琴寄到山下給塔桑妮，交由她來轉賣。

故事到了結尾，讀者這才發現，達曼寄出的弓琴從頭到尾都不曾抵達塔桑妮的手上。女兒之所以說謊，為的是讓老爸重新振作起來。這樣的情節設計並不稀奇，到處都看得到，但重點不在這兒，重點是小說結尾揭露了一個祕密：塔桑妮的職業是會計。

●〈流動的郵局〉，李儀婷／著（二〇〇五年）

會計有什麼了不起，到處都是會計啊！別急，我們來看看小說如何形容會計。

小說裡，一名叫馬玉花的老婦說她女兒幫人家做會計，一個月賺四萬多。隨後，當有人稱讚馬玉花的女兒能幹時，她淡淡的說她女兒賺得其實不多，其他人的女兒賺得更多，一樣當會計，每個月卻有六、七萬的收入。最後，馬玉花又說，還是生女兒好，將來可以到外地當會計，賺很多錢回來。如果生兒子，將來只能當捆工，賺一丁點的錢。

察覺到了嗎？一個月賺四萬多的會計或許不奇怪，但如果每個會計都能賺六、七萬就有點可疑了。最後再比對只能賺一丁點錢的捆工兒子，那麼這個似乎只有女兒才能做的會計工作就十分令人起疑了。這時，敏銳的讀者已經猜到七八分，會計其實就是妓女。

小說結尾寫道：「我回頭看著達曼用牛皮紙袋包裝的包裹，隨口問小金，塔桑妮的職業。小金遲疑了很久才猶豫的告訴我，塔桑妮也是個會計，和馬玉花的女兒一樣，是個可以賺很多錢的會計。」

沒錯，塔桑妮表面上是一名會計，實際上是一名妓女。為什麼不直接點破塔桑妮是妓女就好了，非得拐一個大彎，先提「會計＝妓女」，最後再說「塔桑妮＝會計」？

且讓我們用一個簡單的數學定律「等式的傳遞性」來說明：

若A＝B且B＝C，則A＝C

轉換成小說裡的人物職業關係，意即：若「塔桑妮＝會計」，且「會計＝妓女」，則「塔桑妮＝妓女」。在上列的等式裡，B看似沒什麼用處，不過是個可以省略的中繼符號。同樣的，會計乍看之下也沒什麼大用處，實則傳遞了大量的訊息，小說因此而豐厚了起來，不致淪為一則浮面的新聞。

因為拐了「會計」這個大彎，我們才得以看見隱藏在樂天知命的原住民底下的「悲傷」，而不是社會新聞裡，一目了然（A＝C），省略了過程，沒有了B的「悲慘」。

在我自己的定義裡，悲慘和悲傷完全不一樣，雖然兩者都悲，但悲慘不問過程，直接通往結局（例如：有遊民橫死街頭，我「同情」他）。悲傷則是迂迴曲折，在人心裡不停的打轉，轉出了不被理解，轉出了嘆息與愴然，轉出了生命的無可奈何（例如：同樣有遊民橫死街頭，但因為我有類似的經驗，所以我「同理」他）。

優秀的小說和新聞報導不一樣，它能帶領讀者看見生活的底層細節、生命的無奈與嘆息，也就是那個一般人看不見的B。

第36課 三的妙用
——兩片土司中間的牛肉

天還很暗，山、屋宇、河、田野都還蒙在霧裡。鳥兒沒醒，雞兒沒叫。早啊，還很早呢。可父親對兒子說：「到時候了。」

——彭見明，〈那山那人那狗〉

企業界有一種管理方法叫「三明治批評法」，也就是當你要指正對方的錯誤時，不要理直氣壯的說出來，最好透過「先表揚，後批評，再表揚」三個步驟，一種類似三明治的迂迴批評法，否則一旦引起對方反彈，再怎麼一針見血的批評也沒用。

換句話說，真正要講的事只有一件，但為了達成某種效果，而使用不同的手法，反反覆覆講了好幾遍，我稱之為「三番兩次」創作法。

「三番兩次」這個詞指的是多次、屢次的意思，不管從哪個角度看，都平凡不起眼，但到了優秀的小說家手裡，它卻變成了妙用無窮的創作技巧。

就我印象所及，最常使用三番兩次技法的是《西遊記》，以「孫悟空三戲金銀角大王」為例。話說，唐僧師徒又遇到妖怪了，這次的妖怪叫金角、銀角，法術中等，不過擁有一樣非常厲害的寶貝：紅葫蘆。只要打開瓶口朝地，大叫對方的名字，對方一應聲，就會被吸進去。這時，只要貼上一張「太上老君急急如律令」的封條，不用一時三刻，對方就會化成一灘血水。

孫行者（孫悟空）從山神口中得知葫蘆的厲害，於是故意把自己的姓名顛倒過來，假扮成孫行者的弟弟「者行孫」向妖怪叫陣，他心想世上根本沒有者行孫這號人物，所以就算他應了聲也不會怎樣，沒想到他一應聲，立刻「咻——」的一聲，被吸進葫蘆裡。原來，不管是真名還是假名，只要應了聲，就會被吸進葫蘆裡。

但孫行者不只逃了出來，而且還把葫蘆掉包了。隨後，他假扮成孫行者和者行孫的弟弟「行者孫」，手裡拿著正牌的葫蘆向妖怪叫陣。他還瞎扯，自己手上的葫蘆是對

●〈那山那人那狗〉，彭見明／著（一九八三年）

方葫蘆的老公，妖怪當然不信。

於是兩人對賭，不論誰叫，對方都得應。妖怪先叫，行者孫應了沒事。妖怪嚇壞了，他還因此相信了孫猴子的鬼話，葫蘆老婆怕葫蘆老公。隨後，換行者孫叫了，妖怪一應，就被吸進葫蘆裡了。

先是孫行者、然後者行孫、最後行者孫，三人同一人，三番兩次的戲弄妖怪，雖然情節近似，但每次的核心都不一樣（一、聽說葫蘆的厲害；二、目睹葫蘆的厲害；三、轉個彎，以其人之道還治其人之身），有效的把葫蘆的神奇鋪陳出來，同時也把孫猴子愛惡作劇的機伶本性描繪得栩栩如生。

以上，我稱之為「複沓」式的三番兩次；另外還有一種「三明治」式的三番兩次，以大陸小說家彭見明的〈那山那人那狗〉為例。故事梗概如下：

老郵差在山裡送了半輩子的信，如今要退休了。退休的主因是經年累月的跋山涉水，把膝蓋搞壞了（患了關節炎）。接替職務的是老郵差的兒子，郵路長達兩百多里，山路崎嶇，雙腿是唯一的交通工具，來回至少得走上三天，所以老郵差的最後一次任務就是帶著大黃狗，領著兒子實地走一遍。

一開始，兩人講不上一句話，因為山高路遠，所以老郵差長年不在家，連兒子出生了，他都不知道。老郵差和兒子極度不親，所以簡單來講，這趟旅程就是父子倆相互理解的過程。

故事最後的場景發生在橋上，老郵差在橋的這一頭，兒子在橋的那一頭，大黃狗就在兩人的中間。

陪兒子送完最後一次信，老郵差就退休了，但他的狗還硬朗著，還可以繼續送信。於是老郵差叫大黃狗跟兒子去送信，幫他帶路，陪他作伴，就像這些年來，牠一路陪著自己那樣。

然而不管老郵差怎麼溫柔的抱著狗的頸根，像小孩子一樣對牠說：「跟他去吧，他需要你……」大黃狗就是不願意跟兒子走，因為牠認定的主人是老郵差。最後，老郵差一個轉頭，就逕自往回走，狗也嗷嗷的跟在他身邊往回走。

這是第一次。

走著走著，老郵差突然彎下腰，撿起地上的一根棍子，朝狗屁股抽去。大黃狗痛得汪汪叫著往橋奔去（注意！不是朝兒子的方向奔去，雖然兩者的方向是一致的）。

這是第二次。

打了忠心耿耿的老狗，老郵差心底難受啊，他不捨的閉上眼睛，喉頭哽咽。不久，他覺得膝蓋骨的地方，有一股熱氣直撲，睜開眼睛一看，老狗又回來了，牠正舔著老郵差的膝蓋骨，主人受傷的地方。

老郵差俯下身，從口袋裡掏出手帕，替狗擦去眼淚，喃喃的說：「去吧！」

這是第三次。

三番兩次之後，人與狗之間的情感已經來到滿水位了（僅靠表面張力撐著），是該收束的時候了，否則一不小心，水就會溢出來，變成濫情。

於是小說家不再囉嗦，一句簡短有力的結尾——「於是，一支黃色的箭朝那綠色的夢裡射去」——就將小說結束掉。

黃色的箭是忠心的大黃狗，而綠色的夢是老郵差心心念念了大半輩子，而如今再也回不去的山林。

察覺到了嗎？人狗之間的情感水位之所以能夠迅速攀升，重點在「第二次」。一個不友善、不應該、不可能的打狗舉動（情感的折返點），反而有效的凸顯了老人與狗之間的情感，它才是兩片土司中間的牛肉，情感最豐厚的部位。

第十一章

折磨讀者的祕密

● 事實的真相極小而明確，但錯誤卻是無邊無際

第37課——反常

吃錯藥是一件大大的好事

通常的犯罪情況是「在這許多人之中只有一人是有罪的」，而我面臨的問題卻是「這十三個人中只有一人是無辜的」。

——阿嘉莎．克莉絲蒂，〈東方快車謀殺案〉

名偵探柯南有句如雷貫耳的名言：「真相永遠只有一個！」對大部分人而言，這句話大抵等同於「太陽只有一顆」或「爸爸只有一個」，但如果你想成為好的小說家，最好常常把這些看起來牢不可破的話語拿出來檢視，或許哪一天你會吃錯藥（那一定是好藥），發現原來太陽不只一顆，爸爸也不只一個。

底下舉推理女王阿嘉莎．克莉絲蒂（Agatha Christie）代表作〈東方快車謀殺案〉（Murder on the Orient Express）為例。故事梗概如下：

故事始於開往伊斯坦堡的火車，先是半途遭遇大風雪，午夜十二點半陷入雪堆動彈不得，隨後車上發生了謀殺案。因為大風雪的緣故，殺人凶手無路可逃，於是只能假扮成一般乘客藏身火車上，與前來探案的偵探周旋鬥法，也就是變形的密室殺人案件。

死者身中十二刀，從刀傷推斷，凶手看似男人又像女人，既是左撇子同時也是右撇子，更令人無法理解的是，凶手居然同時擁有強壯和軟弱的矛盾特質。巧的是死者前一天才找過同車的神探白羅（Hercule Poirot）當他的保鑣，但被白羅一口拒絕，原因是白羅不喜歡對方的「長相」。然而，現在白羅推辭不了了。

白羅逐一過濾所有乘客的證詞之後，得出如下的結果：

「這個案子有兩種可能的解答，我準備把兩種答案都擺在你們面前，請在座的布克先生和康士坦丁醫生來判斷哪一個答案正確。第一個解答是……」（凶手是死者的仇人，目前已經逃走，不在車上。）

當白羅說完第一個解答之後，康士坦丁醫生用拳頭在桌上重重一擊：「不，不，

●〈東方快車謀殺案〉，阿嘉莎．克莉絲蒂／著（一九三四年）

不對！這樣的解釋站不住腳，在好多細節上都有漏洞。」

白羅：「我知道，但請不要輕率的放棄第一個答案，說不定待會你還會同意它呢！」

隨後白羅說出第二個答案（事情的真相）：原來死者的真正身分是凶惡的綁匪，他綁架並且殺害了阿姆斯壯上校的三歲女兒，害他從此家破人亡（懷有身孕的老婆流產，一病不起亡故。最後，阿姆斯壯上校心碎的自殺），而犯下撕票案的凶手卻被判無罪。

正因為司法無法替阿姆斯壯上校一家人主持正義，於是阿姆斯壯的親友團一共十三個人，決定聯手執行正義，所以死者身上才會有十二處傷口（其中一人沒有動手）。

說完事情的真相之後，白羅問：「布克先生，你是公司的董事，你說怎麼辦？」

布克先生：「白羅先生，依我看你提出的第一個答案才是正確的。我建議等警察來的時候，我們就告訴他們第一個答案。你同意嗎，醫生？」

這時，先前強烈抨擊第一個答案的康士坦丁醫生卻說：「當然同意。至於醫學上的證據，我想，呃……我可以提出一、兩點『異想天開』的意見。」

「異想天開」，多麼絕妙、有力道的一個詞啊！

對我而言，這部推理小說至少有兩個地方值得跟創作者分享：

第一、為什麼選擇錯誤的解答當最後的答案？因為真相不等於真理，真相是親友團殺了人，然而真理卻是——親友團才是受害者。

第二、如果照正常人的說故事邏輯（先說明事實的真相，再編謊言幫可憐人脫罪），那麼白羅充其量只是一個好人。反之，先說脫罪的謊言，讓白羅多了這麼一次自信且瀟灑的演出機會：「請不要輕率的放棄第一個答案，說不定待會你還會同意它呢！」

這個演出也帶動了其他人精采的演出——康士坦丁醫生說：「當然同意。至於醫學上的證據，我想，呃……我可以提出一、兩點『異想天開』的意見。」

一次兩個答案，選擇錯的，而捨棄對的，把人性的複雜曖昧表現得淋漓盡致。而違反敘事邏輯的順序安排，則為人物的性格，以及劇情的張力，增添了無窮的魅力。

前者是嚴肅小說家挖掘人心深度的能力，而後者是通俗小說家講好聽故事的能耐。

第38課 裝神弄鬼

神鬼不是拿來湊數的

把這支別針插在地板上，用線連起來，再把線的另一端綁在獨角仙的身上。並且告訴牠你所要召喚來的人。

——星新一，〈金色的別針〉

戲劇界有句老話叫「戲不夠，神鬼湊」，我們可以用一個最簡單的情節來說明這句話：好人遭受誣陷，眼看就要沒命了，千鈞一髮之際，神仙突然出現（通常是土地公或呂洞賓這一類急公好義的熱血神仙），出手幫忙，化解了危機。

從創作的角度來看，「不夠」和「湊」這幾個字眼，似乎不怎麼光采，有那麼一點偷懶之嫌。因為既然神鬼都插手了，所以未來的劇情怎麼走，似乎都無所謂了，只要記得結尾的時候，朝天一拜，謝天謝地謝神鬼就行了。

上述的故事（又或者像包青天〈烏盆記〉之類，鬼魂現身喊冤的故事），神鬼是「真」的，也就是具體的存在，但底下我要講另一種神鬼，它是「虛」的，以一種看不見的方式存在。

以日本小說家星新一的短篇小說〈金色的別針〉為例。故事梗概如下：

由紀子和文江是一對好友，某天她們一同出外旅行，夜晚住進一家老舊的旅館。晚上閒聊時，由紀子帶著那麼一點怒氣說，明男（由紀子的男友）不知道跑哪去了，莫名其妙就不見了，大概是對我厭煩了吧，所以刻意躲著我。

說著、說著，敲門聲突然響起，有個老婆婆拿著一支金色的別針向她們兜售。老婆婆說，這支金針擁有召喚人的神奇魔力，只要在它身上繫一條線，線的另一頭綁一隻獨角仙，然後將金針插在地上，在心中默唸想見的人，只要獨角仙繞著金針轉，轉到線全部纏光時，默唸的那個人就會出現。不顧文江的極力反對，想念男友的由紀子買下了金針。

●〈金色的別針〉，星新一／著（一九六五年）

就這樣，由紀子一邊照著老婆婆的話去做，一邊在心中默唸男友的名字，沒想到獨角仙真的繞著金針轉了起來，就在線快要纏光時，門外玄關處突然傳來男人的腳步聲，隨後敲門聲響起，門外的人影赫然就是明男。聽到敲門聲，又看到人影，原本就臉色慘白的文江突然歇斯底里了起來，她不只將金針拔了起來，連同獨角仙丟了出去，並且淒厲的大叫：「不可能，不可能，明男早就死了……」

文江一說完，門外的人就轉頭走了，雖然由紀子急忙追了出去，但人影早已消失無蹤。隨後，在由紀子的逼問下，真相才大白。原來明男是文江的男友，後來卻移情別戀愛上由紀子。在一次談判的過程中，文江一時失控，殺死了明男……

上述的故事裡，門外的人究竟是不是明男，作者沒有告訴我們，所以讀者也就無從得知金針是否真如老婆婆所言，具有召喚人的神奇魔力。但我相信大部分的讀者在聽了文江說出駭人的真相之後，已經不在乎金針到底有沒有魔力了，因為故事的焦點已經成功的轉移了。

金針是「虛」，駭人的真相才是「實」，作者利用金針這個道具，先把懸疑的氣氛營造出來，最後再將事實的真相公布出來。

或許有讀者會直覺此一情節很像包公辦案裡另一類的故事：為了讓惡人俯首認罪，於是設了一個陰間辦案的局（如〈狸貓換太子〉），讓惡人誤以為真，因而認罪伏法。

然而實際上，這兩者之間還是有一些本質上的差異，讀者最後一定會知道陰間辦案是假的，但卻永遠無法得知金針的魔力是真是假。

現在讓我們重新整合一下：〈烏盆記〉裡現身喊冤的鬼魂是「真」的，〈金色的別針〉裡的魔法是「虛」的（永遠無法得知其真偽），而〈狸貓換太子〉裡的陰間辦案則是「假」的。

虛構情節很難嗎？對於那些只知道把神鬼拿來湊數的傢伙，答案恐怕永遠都是肯定的。但對於懂得如何切換「真」、「虛」、「假」不同神鬼狀態的創作者而言，神鬼是情節的萬花筒，輕輕一轉，又是另一個目眩神迷的故事了。

第39課　附會殺人
用恐怖的傳說來裝飾屍體

對於一個從事科學工作的人來說，最怕在大眾面前表現出他似乎相信流傳著的傳說故事。

——亞瑟．柯南道爾，〈巴斯克維爾獵犬〉

福爾摩斯（Sherlock Holmes）探案時，有一句話常掛在嘴邊：「朋友啊，千萬別把『不可能』和『不太可能』混為一談。」

什麼是不可能？什麼又是不太可能？這兩者的差別為何？

按字面上的意思，「不可能」就是完完全全一點發生的機會都沒有；而「不太可能」指的是機率極低，但還是有可能發生，例如被閃電擊中，或中了四十九選六的大樂透頭彩（中獎機率一千三百九十八萬三千八百一十六分之一）。

不可能和不太可能之所以難以區別，主要是因為它們常常只有一線之隔，底下我們就以福爾摩斯探案的小說為例。

這一天，福爾摩斯遇到了一件棘手的案子，因為凶手不是一個人，而是一隻狗，不是家有惡犬的那種狗，而是一隻流傳了好幾百年的魔犬——巴斯克維爾獵犬。底下是巴斯克維爾獵犬的傳說，請讀者猜一猜，這次福爾摩斯遇到的是「不可能」，還是「不太可能」的案件？

數百年前，巴斯克維爾莊園出了一個大壞蛋，名叫雨果（Hugo），他的個性狂妄自大、凶狠殘暴。有一次，因為垂涎莊園附近某位少女的姿色，於是趁少女的父兄出門時，和幾個流氓朋友把少女擄回家，關在莊園的小閣樓裡。之後，雨果便和他的朋友在樓下飲酒作樂，直到深夜才帶著濃濃的酒意，不懷好意的爬上閣樓。

沒想到，門一打開，雨果發現少女早就沿著窗口的藤蔓爬了下去，逃回家了。少

●〈巴斯克維爾獵犬〉，亞瑟．柯南道爾／著（一九〇一年）

女的家距離莊園大約九哩，中途得經過一處沼澤。這時，惱羞成怒的雨果立刻騎著快馬，帶著一群齜牙咧嘴的獵犬去追少女。

隨後，雨果的酒肉朋友也騎著馬跟了上去。當他們來到沼澤的時候，卻赫然發現少女已經死了（死於巨大的驚恐和疲憊），雨果也死了，屍體就在少女附近。然而真正令人毛骨悚然、魂飛魄散的，不是少女和雨果的屍體，而是沼澤裡有一隻大得嚇人，全身冒著熊熊烈火，魔鬼似的黑色獵犬正張著血盆大口，撕咬雨果的喉嚨。看見這一幕的三個人，一個當場嚇死，另外兩個成了瘋子。

從此以後，再也沒有人敢在夜裡穿過沼澤。但惡靈的種子已經種下了，這個遭到詛咒的家族每隔一段時間就會有人死於不可思議的意外，據說每個死者都親眼目睹了那隻傳說中的幽靈犬。

福爾摩斯咬著菸斗，聽完幽靈犬的傳說之後，背靠在椅子上，兩手指尖頂著指尖，氣定神閒的說：「這是一件『不可能』的案子，凶手絕不可能是什麼幽靈犬，而是一個自以為聰明的傢伙。」

猜中了嗎？像這一類穿鑿附會，利用傳說（或童謠）來故布疑陣的殺人手法，又叫「附會殺人」。表面上看起來，附會殺人是凶手的詭計，但我卻常常覺得這其實是作者的陰謀，因為它的好處實在太多了，除了可以把故事張力拉到斷腦筋（腦血管破裂）之外，也可以誤導一些笨偵探（或讀者）的辦案方向。

正因為如此，所以幾乎每個推理小說家都用過相同的手法，寫過類似的小說，除了上述亞瑟・柯南道爾（Sir Arthur Conan Doyle）的〈巴斯克維爾獵犬〉（The Hound of the Baskervilles）之外，最有名的當屬謀殺天后阿嘉莎・克莉絲蒂的《童謠謀殺案》（*And Then There Were None*，或譯《一個都不留》）。

用鮮血來裝飾屍體實在太老套了，用恐怖的傳說來裝飾屍體，才能帶給讀者無邊無際的想像。在閱讀的世界裡，恐怖從來不是看見的，而是想像而來的。

第40課——蝴蝶效應

誰是真正的罪人

菲菲這位迷糊的總機自到任以來，完全搞混了這兩個分機號碼，也就是說，之前每一通歸類為沒營養的惡作劇電話，統統被轉接到一個她不曉得的部門。

——夏佩爾，〈小事情〉

美國著名的氣象學家愛德華．洛倫茲（Edward Lorenz）有一次利用電腦程式預測下一刻的氣象數據，在輸入溫度、濕度、壓力等初始條件時，本能的把小數點第六位以後的尾數去掉，沒想到與原始模擬出來的數值比較，一開始的時候相差無幾，但隨著時間愈拉愈長，差異愈來愈大，最後簡直到了完全不相干的地步。因此他發表了一個被後世稱之為「蝴蝶效應」（Butterfly Effect）的演說。內容大意是：「一隻亞馬遜河流域的蝴蝶，偶然揮動幾下翅膀，幾個星期之後，卻意外引發了美國德州的一場龍捲風。」

意思其實就是我們常講的「差之毫釐，失之千里」。

二〇〇五年，我在《聯合文學》雜誌任職的時候，策劃了一個「文學的蝴蝶效應」專輯，請小說家用「蝴蝶效應」這個概念來創作小說。其中一篇小說令我永生難忘，它證明了「概念先行」，同樣可以寫出不凡的小說。小說家夏佩爾創作出的蝴蝶效應故事〈小事情〉，梗概如下：

> 故事發生在一家電腦軟體公司，主人翁是一名總機小姐菲菲。這一天，她又接到一通變態的電話，因為是免付費電話，所以這一類的騷擾電話，每星期總有二、三通。菲菲習慣了，她已經來到這家公司三年了。她本能的就把它直接轉到「０４４」分機（諮詢部門），這是公司的規定，反正有專人會去對付這些變態。但今天電話上頭「０４４」分機的紅燈卻一直閃個不停，這代表「諮詢部門」那邊沒人接電話。
>
> 一整個早上過去了，紅燈還在閃。菲菲心想會不會轉錯了？於是拿起電話簿一看，

●〈小事情〉，夏佩爾／著（二〇〇五年）

不得了，她真的轉錯分機了，諮詢部門是「074」。長久以來，她都把「074」和「044」搞混了。菲菲第一個念頭是去「044」看看，如果提得起勇氣的話，那麼就跟對方道個歉。繞了一大圈之後，菲菲終於找到「044」分機的座位了。座位上沒有人，菲菲一問之下，才知道分機的主人是一個叫楊嘉璋的陌生同事，很不湊巧，她今天沒來，原因不明。

菲菲覺得心神不寧，於是要了她家地址，利用午休的時候到她家看看。這一看不得了了，楊嘉璋已經趁小孩去上學的時候跳樓自殺了。菲菲從附近鄰居口中拼湊出一個可怕的事實：楊嘉璋是一個單親媽媽，獨自撫養兩個小孩，一個是八歲就讀國小的男孩，一個是五歲就讀幼稚園的女孩，自從三年前的某一天開始，她就莫名其妙的開始接到各種騷擾電話，搞得她精神耗弱，最後還因此患了憂鬱症，最近她的病情加劇，沒想到今天就發生不幸了。

菲菲聽了，震驚不已，她沒想到自己的無心之過，居然害死了一個同事。自責之餘，菲菲決定去把已經放學、但母親再也不會來接他們的兩個小孩接回家。

菲菲衡量了一下，應該先去接小女孩。到了幼稚園，菲菲只聞到濃濃的瓦斯味和空蕩蕩的校園。再往裡走，菲菲看到了一個中年流浪漢和一個小女孩在玩耍。流浪漢一看到菲菲就先開口：「這是你的孩子嗎？」菲菲搖頭，中年男子露出詭異的笑容：「既然不是你的，那就是我的。」菲菲這一聽，就知道流浪漢腦子有問題，於是想辦法跟流浪漢周旋起來。但結果卻是流浪漢引爆瓦斯，他和小女孩當場死亡。

菲菲驚駭極了，她決定退回自己的生活，假裝什麼事都沒發生。當然，這並不可能，從此她活在永恆的自責和恐懼裡。

故事到了這裡，小說家看似已經完成「蝴蝶效應」的任務了：不小心轉錯分機↓害同事患了憂鬱症↓造成同事家破人亡。但優秀的小說家知道這還不夠，於是小說繼續往下走。

過了半年之後，菲菲突然想知道分機「074」的所在位置（諮詢部門），於是她又在公司裡繞了起來。沒想到這一找不得了，原來公司並沒有諮詢部門，「074」分機不過是公司當初為了應付無聊分子想出來的花招，讓他們在永無止境的待機音效中一等再等，最後咒罵兩聲，掛上電話。

知道公司並沒有這個部門之後，菲菲整個人癱坐在椅子上，許久許久都爬不起來。

現實人生中，菲菲犯了一個百分之百的錯誤，她無比希望時間能倒轉，好讓她有機會改正。改正之後，菲菲就會「對」了嗎？

很抱歉，「０７４」是空的，不存在的，也就是不存在「對」這個選項，這讓菲菲瞬間困惑、迷惘了起來。

至少同事不會死！對，但不知道讀者你注意到了沒有？「０７４」的諧音是「您去死」，被激怒的電話客會不會因為被捉弄了，而變成另一個引爆瓦斯的炸彈客？

沒有人知道！

初看小說，這的確是蝴蝶效應沒錯，但卻是機械的，僵直的，幾近公式的蝴蝶效應。但當小說家亮出最後一張底牌的時候，我們才知道還有比蝴蝶揮動翅膀更細微的事。

表面上，菲菲是唯一的罪人，如今卻因「不存在」這個巧妙的情節設計，而悄悄的轉移了。至於轉移到誰身上？仰起頭，我們彷彿看見老天爺那張愛捉弄人的促狹笑臉。

故事到了最後，我們也說不準誰才是真正的罪人了，然而正是「說不準」這幾個關鍵字，讓小說的意涵豐厚了起來。它讓我們跟菲菲一樣，癱坐在椅子上，許久、許久都爬不起來。

第41課——節制

兩個恐怖情人

我們不知道怎麼的談到了愛情這個話題。也許你覺得瘋狂，可是那仍然是愛情啊！不是每個人都一樣的。當然，有時候他的行徑也許很瘋狂，但他還是愛我的啊。雖然是用他自己的方式，但是他愛我，不要說他不愛。

——瑞蒙．卡佛，〈當我們討論愛情，我們討論的是什麼〉

《紐約時報》曾刊出一篇書評，內容如下：

對我這一代的作家而言，一九七〇年代初讀卡佛的小說，就像在一九二〇年代發現海明威的句子一樣，是我們寫作人生的轉捩點。

海明威和瑞蒙．卡佛（Raymond Carver）這兩位小說家最大的相同點是「節制」，他們的小說從不同角度去描繪故事的冰山，都只寫了八分之一，剩下的八分之七必須靠讀者自己去體會。這種折磨人的寫法，嚇退了不少讀者。

底下舉他們最著名的短篇小說，海明威〈白象似的群山〉、瑞蒙．卡佛〈當我們討論愛情，我們討論的是什麼〉（Beginners，又譯〈新手〉），來聊一聊他們的小說裡究竟藏了什麼折磨讀者的祕密。

海明威〈白象似的群山〉，如果用一句話講完，那就是「當我們討論『墮胎』，我們討論的是什麼」，故事梗概如下：

月台上，一對男女正在等火車。等著、等著，男人開口了，他說那個手術很小、很安全，不過他絕不會強迫女人去動那個手術。但女人並沒有因男人的「體貼」而感到欣慰，相反的，男人一次又一次的體貼，讓女人從心中有疙瘩，慢慢轉為惱怒，最後幾

●〈當我們討論愛情，我們討論的是什麼〉，瑞蒙．卡佛／著（一九八一年）

乎崩潰尖叫：「那就求你，求你，求你，求你，求求你，求求你，求求你，不要再說了，好嗎？」但男人始終不明白自己到底說錯了什麼。

小說裡沒有告訴讀者，男人口中那個很小、很安全的手術是什麼，但讀者大抵可以猜出是「墮胎」。針對「墮胎」一事，男人指向的是小、安全、不強迫；純粹的「理性」。但女人感受到的卻是男人的話裡沒有一絲的關心、憐惜與愛；純粹的「感性」。

小說裡的男女，一個理性，一個感性，一個從火星來的，一個從金星來的，兩個人使用不同的情感語言，完全無法溝通。

（你之所以覺得眼熟，是因為本書第六課已經提過，但值得你看第二遍。）

瑞蒙．卡佛〈當我們討論愛情，我們討論的是什麼〉和〈白象似的群山〉，有一個類似的劇情結構：一男一女在討論一件事。只是討論的事，從具體的「墮胎」，變成抽象的「愛情」。故事梗概如下：

廚房餐桌旁，兩對夫妻一起喝酒。喝著、喝著，他們聊起了「愛情」。

泰瑞莎提及前男友非常愛她，只是愛的方式比較怪異，不只罵她、揍她，最後還因此舉槍自盡。丈夫梅爾不以為然，他認為那不是愛，並舉了一個實例：有對老夫妻發生嚴重車禍，全身纏滿繃帶。老先生為此難過極了，因為這麼一來，他就沒辦法轉頭看自己的太太了。

梅爾認為這才是真愛，但泰瑞莎卻輕蔑以對。面子掛不住的梅爾，故意對一旁朋友的太太說：「羅拉，如果我沒有和泰瑞莎在一起，如果我沒有那麼愛她，如果尼克不是我最好的朋友，我可能會愛上你，我會把你搶走。」

泰瑞莎也不是省油的燈，她刻意提起梅爾的前妻，挑起他心中的恨。梅爾恨死前妻了，恨她不肯再婚，以致於他必須養前妻的男友。梅爾說他恨不得穿上養蜂人的衣服，把前妻最怕的蜂窩丟進她家。

梅爾口口聲聲說自己愛老婆，但卻拒絕接受她對愛情的看法，只肯用自己的方式去愛老婆，完全不管對方接不接受，他不知不覺中變成自己最厭惡的恐怖情人。

小說的最後一句是「每個人都沒有移動，但房間已經開始變暗了。」，表面上，每個人都還是原來那個人，但心底已經因為「愛情」這個話題，而產生了質變。

小說裡，梅爾夫妻說了很多，卻又好像什麼都沒說，故事就結束了。但敏銳的讀者一定可以嗅到，這個表面上閒話家常、交換愛情的晚上，是一座不平靜的冰山，底下藏著巨大的陰暗能量。它給我們一種無所不在的恐怖感，日後有一天，梅爾一定會變成恐怖情人，用瘋狂的行動來證明什麼才是愛。

海明威用「少」來節制，瑞蒙．卡佛用「多」來節制；他們幫讀者示範了兩種完全相反，卻又如此相似的冰山。

第42課——舉重若輕

把地獄寫成遊樂園

我以為總有一天，我會踩在交錯的高壓電上，離開這個城鎮，但是後來我才知道，高壓電除了通向死亡，其實並不通往任何地方。

——李儀婷，〈走電人〉

我開了一家電影公司「走電人」，因此常有人問我，什麼是走電人？

答案是「走在電影這條路上的人」，簡單明白，不用大腦，就可以記下來。

但真相是〈走電人〉是一篇小說，二〇〇七年時報文學獎短篇小說首獎作品，作者李儀婷。

李儀婷是我太太，我愛〈走電人〉的程度，甚至超越作者本人。

小說讀完之後，讓人毛骨悚然，它講的是地獄的故事，但讀者卻誤以為自己看到的是遊樂園。

就像「走電」明明會觸電死人，但我們卻笑得花枝亂顫。

觸電與亂顫，一線之隔。我們到底錯看了什麼？

表面上，故事是這樣的：

敘事者是個小女孩，她的母親未婚懷孕，所以從小由阿公撫養長大。阿公是個混蛋，一開始以擄鴿為業，後來以偷電維生，他們祖孫倆相依為命，生活在熱風會咬人的屏東鄉下。阿公有點小奸、小惡，但說到底，還算是個可愛的老混蛋。

但事實完全不是這樣，你必須把阿公的惡，乘上一、萬、倍。

敘事者早已經不是小女孩，而是個不知年齡的女人，她不是遺腹子，而是亂倫生下來的孩子，但亂倫不足以形容，更精準的說法是她出生於一個亂倫家庭。

●〈走電人〉，李儀婷／著（二〇〇七年）

敘事者是母親與阿公亂倫生下來的小孩，證據如下：

我媽一見到阿公，立刻又怒又氣的放聲大哭，一聽到我媽哭，阿公表情古怪的說了句：「不過就是生孩子，放心，有我在。」我媽聽到阿公這麼說，不哭了，瞪了阿公一眼，說：「都是你，你要養！」

敘事者十三歲的時候，又遭阿公亂倫，證據如下：

小說一開頭是這麼寫的：

在十三歲之前，我還是個男孩。

結尾的時候是這樣寫的：

阿公在我十三歲的時候，對我說，「就是今日了，過了今日，你跟你媽一樣都是女人了。」阿公抱起我，把我從男孩變回女孩之後，捏著我的大腿，嘿嘿的跟我說：「妹仔，做女孩子之後就會卡好命，不用再做走電的了。」

小說結尾，雙重亂倫的惡徒阿公莫名其妙的「永遠」消失了，其實是被自己的孫女，同時也是小說的敘事者，唯一能藏得住真相的人，殺了。

走電工和走電人是不一樣的，阿公是「工」（職業），女主角才是「人」（象徵）。

小說一共有三層，第一層是看得見的職業，第二層是若隱若現的亂倫，第三層才是小說的核心——弒親。

阿公的消失，以及小說最後一句「高壓電除了通向死亡，其實並不通往任何地方」，說明了一切。

阿公爬上了高壓電之後，一路走險，最終送了自己的命——命喪走電人，自己的孫女，同時也是女兒之手。

以上，百分之八十是真的，但為什麼讀者看不出來？

原因是……告訴我們這個故事的人是個「有問題」的敘事者，不過她倒是沒有說謊，只是她分不清現實與虛幻的分際，因為她患有精神上的疾病。

為什麼我會這麼想？

首先，乍看是小女孩的敘事者，天真到了極點，阿公明明是擄鴿獵人，但從她口中說出來的，卻是歡天喜的帶著玉米、鍋蓋、電網，去熱烈歡迎鴿子的慰勞團團長，後來還因為太有愛心，被帶去警察局接受表揚，而且一表揚就是好幾天。

我常講，小說出現「不合理」的情節時，有兩種可能：若是優秀作品，它指向的是「意有所指」。若是失敗作品，它指向的是「Bug、錯誤、王八蛋，浪費讀者的時間」。

當然，你可以說敘述者純粹是天真，不懂事，因為她還是個小女孩嘛！

「只發生過一次的事情，等於沒有發生過。」沒關係，我再舉第二個例證。

其次，敘述者不只沒有「現實」感，同時也沒有「時間」感。從她口中說出來的故事，時間不斷在流動，像風一樣的流動，像意識一樣的流動，一開始我們只覺得：嘩，這真是一篇「腔調迷人」的小說。

但這篇小說的腔調是怎麼來的？不是文字，這篇小說的文字非常平實。它的腔調其實是「貌似」天真，像個六、七歲小女孩傳遞出來的。

不，我說了，敘事者是個不知年齡的女人，她完完全全沒有時間感。那來自於對自己身世以及被阿公強暴之後，精神狀況的不穩定，於是自動開啟了心理的保護機制，回到了童年的愚騃時光。

沒有時間感，讓人想起愛因斯坦「相對論」裡的一個概念：時間根本沒有過去、現在、未來之分，時間就是時間。過去、現在、未來純粹是個幻象，但這個幻象非常頑強，頑強到人們難以抵抗。

通常愈理性的人，時間感愈強；時間感愈弱的人，相對比較感性。

至於完完全全沒有時間感呢？

則是一種悲劇，像小說裡的敘事者一樣，只能活在自己的世界裡。在那個沒有時間的世界裡，現世安穩、歲月靜好，實則是戰爭過後的地獄廢墟。

最後提供一段當年的評審紀錄：

朱天心：「這篇小說其實是把南台灣屏東陌生化，把整個故事放在南美國家似也完全成立。」

邱貴芬：「〈走電人〉以小孩的感知世界和真實世界的落差來刻劃阿公這個人物，是成功之處。」

張大春：「主角阿公和電之間既共生又衝突的關係，貫穿在『走電』這個『不可能』的意象上，讓讀者對這個不完整又缺乏動作情節的故事閱讀無礙。」

東年：「這篇作品用擄鴿、盜電，甚至亂倫的情節呈現了當今台灣的集體意象，對小人物的刻劃也補充了向來在文學領域缺乏表現的南台灣題材。」

當年四位評審一開始也是瞎子摸象，直到小說家東年點出小說裡刻意隱藏的關鍵字「亂倫」之後，評審才有了相對一致的結論。

這代表東年比其他人厲害嗎？

當然不是。一個很簡單的理由，東年是個注重田野調查的作家，他對土地，尤其是南台灣的土地，相對於其他評審，有更深刻的理解。

你能看到小說的哪裡？

一般而言，專業評審比普通讀者看得更遠一些，但他們也有各自的侷限。大部分的時候，侷限是缺乏造成的，但在某些特殊時刻，一如這篇刻意隱瞞真相的小說，侷限反倒是專業造成的！

一如上面四位評審，你可以從他們的評審意見裡，清楚看見他們的專業，同時也看清楚各自的侷限。

第十二章 黑暗之心

● 如果在人生的戰場上失敗了，我允許你自殺

第43課——黑暗之心 I

地獄是從人變成鬼的過程

一開始還在為地獄的折磨所苦惱的良秀，如今皺紋滿面的他，臉上卻浮現難以形容的神聖光輝，一種恍惚的喜悅……看來女兒掙扎至死的情形，並沒有映在那個男人的眼中，只有美麗的火焰色彩，在裡面受苦的女人模樣，令他產生無限的歡悅。

——芥川龍之介，〈地獄變〉

常常有人問我恐怖小說怎麼寫？我看過最恐怖的小說是哪一部？

我的答案是從人變成鬼的過程最恐怖，尤其是最初想變成神，卻因為過度的執念，以致於沒有變成神、反倒變成鬼的最恐怖。例如日本小說家芥川龍之介的〈地獄變〉：

良秀是個自大的畫師，長相醜陋，個性古怪，行為舉止像隻猴子，因此人們背地裡戲稱他「猿秀」。相反的，醜陋古怪的良秀有個美麗善良的女兒，約莫十五歲，在王爺府裡當侍女。

畫師良秀恃才傲物，一連四、五次，當面向王爺提出「把女兒還給我」的要求，但屢屢遭到拒絕。表面上，王爺沒有動怒，但惡果已經種下。

悲劇就從王爺要良秀畫一幅「地獄變」的屏風開始。

良秀有個怪癖，必須親眼所見，才能畫出傑作。為了畫出地獄的恐怖，良秀用盡各種方法折磨自己的學生，毒蛇吞噬、怪鳥攻擊、鐵鍊捆綁……才好不容易畫出一個又一個在地獄裡受苦的眾生相。

但不夠，遠遠不夠，因為那還不是真正的地獄。

「地獄變」裡最重要的一幕，必須焚燒一名坐在牛車裡的宮女，才得以完成。為了親眼目睹地獄，良秀居然向王爺提出焚燒宮女的荒誕請求。

表面相安無事，實際上已經交惡的王爺答應了良秀的請求，悲劇就這樣誕生了。

●〈地獄變〉，芥川龍之介／著（一九一八年）

執行焚燒宮女的當下，王爺無聲大笑：「這可是百年難得一見的場面啊！我也坐在這裡好好欣賞吧！你們快點掀開簾子，讓良秀看看車裡的女人。」

簾子掀開，良秀發現轎子裡坐的是自己的女兒。

良秀沒有求饒，也沒有阻止，而是眼睜睜看著自己的女兒被大火活活燒死，他真的看見了地獄的景象。

瘋狂的良秀完成畢生的傑作「地獄變」之後，上吊自殺。

地獄變是什麼？它最初是屏風上的一幅畫，畫裡描繪了惡人遭到嚴懲的地獄圖像。根據《佛學知識大辭典》的說法：

地獄變又作地獄變相、地獄圖、地獄繪。為十界圖之一，六道圖之一。變，變現之意。將地獄之各種景象以繪畫之方式示現者，稱為地獄變。

後來地獄變成事實——畫家的怪癖、王爺的惡意交乘的結果，產生了可怕的人倫悲劇：父親親手點燃惡意的大火，活活燒死女兒，一幅驚駭不足以形容的地獄景象。

大部分讀者是故事的檢察官，一看到無辜的死者，立刻義憤填膺，捲起袖子辦案。凶手到底是誰？他們地毯式搜索，尋找犯罪的證據，然後一一判他們有罪：自大的畫師有罪、蠻橫的王爺有罪、怪癖的畫師有罪、兩人都不肯低頭有罪……

這樣的觀點很好，非常好，它為讀者提供了一個道德教訓，日後不要再重蹈小說人物的覆轍，人人都因為讀了這篇小說而心生警惕，變成一個更好的人。

但還有一個看不見的地獄變，那就是畫師良秀由人變成鬼的內心景觀變化。小說家芥川龍之介巨細靡遺的描繪了良秀內心三階段的轉折：從最初的人，到人鬼轉換，最後變身成鬼。

最初的人

就算再怎麼古怪，最初的良秀也只是一般人，當他看到牛車裡居然是女兒時——原本蹲在地上的良秀突然跳了起來，雙手伸向前方，失魂落魄的跑向牛車……

人鬼（神）轉換

有個看不見的東西，在良秀體內迅速擴散開來——衝向牛車的良秀，停下腳步，神情入迷的注視著牛車，火光照亮了他的全身，睜大的雙眼，扭曲的嘴唇，痙攣抽動的臉頰，臉上的表情描繪出他心中交錯的恐懼、悲傷及訝異。

變身成鬼（神）

良秀完全脫離了人的意識——站在火柱前僵直不動的良秀，浮現了難以言喻的恍惚與陶醉。此刻的他，內心感到無盡的喜悅，因為他看到的不是女兒的掙扎死亡，而是美麗的火焰，與大火中痛苦掙扎的女子。良秀渾身散發著一股不像人類，而是獅王發怒的奇異威嚴。就連被大火驚擾，盤旋飛舞的無數夜鳥，也不敢接近他，那男人有著聖光般不可思議的威嚴。

對於畫師良秀的怪異舉止，我們可以輕易用世俗眼光來看待他，一如小說裡的人們是這樣咒罵他的——為了畫作，罔顧親情，是人面獸心的惡棍。即使技藝能力再怎麼優秀過人，身為一個人，若無法明辨人倫五常，就該下地獄。

但……讓我們深吸一口氣，試著從另外一個角度，「創作者」的觀點，來看待良秀。

良秀是一名畫家，作為藝術工作者，創作是他的天職。為了藝術，他剝奪了自己作為一個「正常人」的權利，他驕傲自大，他桀驁不馴，他與這個世界為敵。為了藝術，他做了各種犧牲，但他可以犧牲自己的女兒嗎？他可以犧牲自己的性命嗎？

答案是什麼？我的答案不重要，重要的是你自己的答案。

不過，如果沒有答案，會讓你痛不欲生，那麼我可以稍稍提示一下：

良秀的悲劇，讓人聯想起同樣以自殺結束生命的〈地獄變〉作者芥川龍之介，他在自殺之前，留了一封遺書給兒子們，其中有兩句是這樣的：

一、倘若在人生的戰爭中敗北，可如你們的父親一樣自殺。

二、你們無可避免將有著與父親相同的神經質性格，須再三留心此事。

作為一個創作者，和良秀一樣，和芥川龍之介一樣，我們都沒有選擇。是成為神的嚮往與執念，選擇了我們——這就是我的答案。

第44課——黑暗之心 II

一切都是羅生門

不是你死，就是我丈夫死，你們其中必須要有一人死掉。讓兩個男人同時看著我受羞辱是比死更痛苦的事。

——芥川龍之介，〈竹叢中〉

如果你夠無聊，可以坐在電視機前統計一下，我們的電視新聞裡，一天可以出現幾椿「羅生門」。

根據教育部國語辭典的解釋：「羅生門是用來比喻對同一件事，因立場不同而說出不同事實的歧異情形。例如：『警方說是單獨行動，憲兵說曾知會轄區，各說各話，演成羅生門。』」

所以，我們可以大膽從主播脫口而出的「羅生門」次數，推測出這個世界目前到底有多混亂。

但究竟「羅生門」這個詞是怎麼來的？原始意義為何？

羅生門這個詞出自日本作家芥川龍之介的短篇小說〈羅生門〉（日本平安時代，京都中央大道——朱雀大路的南端正門）。後來日本導演黑澤明，將芥川的兩篇小說〈羅生門〉和〈竹叢中〉揉合起來，改編成電影《羅生門》。

隨著電影榮獲威尼斯影展金獅獎及奧斯卡最佳外語片，《羅生門》從此聲名大噪。

基本上，電影《羅生門》≠小說〈羅生門〉＋小說〈竹叢中〉，然而電影的主要故事架構其實是〈竹叢中〉，我們可以簡約的說：電影《羅生門》≒小說〈竹叢中〉。所以要徹底了解《羅生門》，非得從小說〈竹叢中〉下手不可。

小說〈竹叢中〉說了一個非常離奇的故事：

> ●〈竹叢中〉，芥川龍之介／著（一九二二年）
>
> 竹叢中發生了一起凶殺案，死者是一名武士。檢察官找來七名關係人問案，包括

發現屍體的樵夫、當天見過死者的僧侶、捉到嫌疑犯的捕快、武士的岳母、盜賊多襄丸、武士的妻子、武士附身的女巫。

從上述七人的供詞（主要關鍵供詞在盜賊、武妻、武士三人身上），可以拼湊出如下的面貌：武士夫妻路過山林，盜賊多襄丸見色起意，於是編了一個理由（山裡藏著寶藏）把武士騙到竹叢中，然後將其制伏，綁在樹下，繼而在武士面前玷污了他的妻子……

到這個地方為止，大抵沒什麼問題，然而後半部的供詞卻是疑點重重，最大的關鍵在於三個人居然都搶著說是自己殺死了武士。

盜賊說自己是在英勇的決鬥中（贏的人可以帶走武妻）殺死了武士，武妻則是因為不堪受辱而想尋短（先殺丈夫再自殺，但最後自殺沒成功），武士則說是因為妻子最後決定跟盜賊在一起而悲傷的自殺。

事實的真相究竟為何？小說到最後都沒告訴讀者，讀者得抽絲剝繭，自己找出來。

有一種看似合理的說法是「陳述者，貶人褒己，去其利害關係，真相大白」，但真的是這樣嗎？有一部分說得通，然而有一部分卻說不通。通的部分是盜賊把自己形容成英勇決鬥、武妻說自己是貞潔烈女、武士則說自己是悲壯犧牲，三個人統統是「說自己的好話」。不通的部分是，為何人人都搶著說自己是殺人凶手？這有什麼好處嗎？以當時的法令，殺人者可是得償命的啊！

難道他們都不想活了？還是有什麼東西比性命更重要？

為了便於說明，讓我們插入一個姑且叫做「小偷與變態」的故事。故事是這樣的，男子為了給女友驚喜，於是在女友生日那天買了蛋糕闖進女友家。男子在女友房間亂逛，最後隨手撿起女友堆在牆角待洗的內褲聞呀聞的。這時女友正巧回來了，男子一時心虛，連同手上的內褲躲進衣櫥裡。女友回到家，發現不對勁，於是不動聲色報了警。警察一到，一腳踢開衣櫥，男子頭戴女友內褲滾了出來。正當警察要把男子帶回警局時，女友察覺異樣，一把攔下警察：「等等，他……好像是我的……」沒想到男子聽了，立刻搶在女友之前，大叫：「別聽她的，我是小偷，快把我送進警局。」

小偷有罪，變態無罪（頂多被訓斥，因為兩人是情侶），但男子為何選擇「有罪」？原因很簡單，因為他不願在女友面前烙下變態之名。此時此刻，在他心中「名譽比責罰更重要」。

喔，喔，關鍵字出來了。

現在，讓我們重返〈竹叢中〉：自稱「英勇決鬥」的盜賊，其實是「以卑鄙的手段取勝」。自稱「貞潔烈女」的武妻，其實是「不甘兩邊受辱，於是挑撥盜賊和丈夫決鬥」。自稱「悲壯犧牲」的武士，其實是「瞧不起被強暴的妻子」。

武士等三人當然不可能說自己「手段卑鄙、挑撥離間、瞧不起人」，但小說還是呈現出來了，只是它們藏在別人的話語裡，你得抽絲剝繭，才能把它們一個一個揪出來。

為了讓人相信「英勇決鬥、貞潔烈女、悲壯犧牲」這些根本沒發生過的事，於是武士等三人紛紛拿出最珍貴的東西（自己的性命）來作為賭誓。一如我們常聽到的誓言：「如果我貪污，全家死光光。」

「扭曲的名譽大於現實的責罰」，這正是芥川龍之介小說〈竹叢中〉的關鍵核心。如果現實感太強的讀者無法體會這種扭曲的心理狀態的話，可以想一想為什麼常常有人會為了流言而自殺（不甘名譽受損）。如果你還是難以理解，可以去看電影《羅生門》，導演黑澤明不只看出來了，而且還把它表現得淋漓盡致。

我常用〈竹叢中〉這篇小說和學生玩一個叫「黑暗之心」的遊戲，如果學生徹頭徹尾的認定「活著是王牌」，沒有什麼事比活著更重要的話，那麼他大概是不適合從事小說創作的，因為他的心底完完全全沒有黑暗之心。

第45課——黑暗之心III

看不見的第三個河岸

在雨下得特別厲害而持久時，倒是有一些愚昧的講法，說我父親聰明如諾亞，因為預知有一水災將來臨，所以已建好了一艘應變的船。

——羅沙，〈第三個河岸〉

在第三十九課，我們曾提及「不可能」和「不太可能」之間的區別，這次我們直接以小說來講解這兩者之間的差異，首先是「不太可能」的小說。

「不太可能」是用來對比「不可能」，但單獨講這個詞時，比較精準的說法應該是「不可思議」。

所謂「不可思議」，根據教育部國語辭典的解釋是：「無法想像，難以理解。含有神祕奧妙，出乎常情之意。」

底下，我們就來講一個「神祕、奧妙、出乎常情」的小說，巴西作家羅沙（João Guimarães Rosa）的〈第三個河岸〉（Terceira Margem do Rio），故事梗概如下：

主角是一名少年，我們姑且稱之為K。某天，K的父親突然買了一艘船，隨後一個人划著船，來到河的中央，從此不回家了。沒有人知道K的父親為什麼這麼做，有人認為他瘋了，有人認為他像諾亞一樣，預知了什麼，但終究沒有任何說法得到證實。就這樣，K的父親在河的中央一待就是數十年，時間久到全家都搬走了，只剩下已變成中年人的K依舊住在原來的地方，守著他的父親。

有一天，K下了一個重大的決定，他對著河的中央大叫：「父親，你在那兒待得夠久了。你已經老了，回來，換我替你待在那兒。就是現在，我要上那條船，我要替換你。」一開始，K非常激動，然而當他看見父親真的朝他而來時，他的心情轉而震顫不已，並且嚇得逃走了。之後，再也沒人看過K的父親，他從這個世界上消失了。

●〈第三個河岸〉，羅沙／著（一九六二年）

關於情節的部分，可以說的，我都已經說完了，只剩下小說結尾處，K的一段內心獨白。乍看之下，一點也不重要，實際上卻提供了一些非常重要的線索，引述如下：

在這一次挫敗之後……我只是一個不該存在的個體，一個必須要保持緘默的人。我知道為時已晚。我必須要留在沙漠裡抹拭我的存在，而且盡力去縮減我生命的長度，但是當死亡來臨的時候，我還是希望他們能將我帶去……

故事全部說完了，你一定覺得莫名其妙吧，這個故事到底傳達了什麼啊？

有人是這樣解讀的：「超現實的情境，卡夫卡式的人物，透過河上漂流的父親，岸上呼喊守望的兒子，傳遞出人類孤寂和疏離的訊息。」（陳黎語）

也有人是這樣理解的：「這是在寫許多父親與家庭之間的關係，那種被家庭束縛，又百般無法將自己整合進家庭的窘境，是帶有寓意的魔幻寫實小說。」（宋澤萊語）

作為一個讀者，這樣的說法或許已經夠了，但作為一個創作者，你最好知道的更多、更深入，所以我們必須追問下去：小說為什麼叫〈第三個河岸〉（又譯〈河的第三岸〉）？一條河不是只有兩岸嗎？那個看不見的第三岸究竟在哪裡？

再繼續追問下去：小說結尾處，兒子的內心獨白為何特別提到「沙漠」——「我必須要留在沙漠裡抹拭我的存在。」

其中，最啟人疑竇的莫過於父親莫名其妙買了一艘船，然後把自己放逐到河中間。

聰明的讀者，你的腦海裡開始浮現一點什麼了嗎？

有時候，當你從某人身上尋不著任何答案時，那麼請把視線移開，到他的周遭附近看一看、找一找，是否有那麼一個相似的人存在？如果有的話，答案很可能就藏在這個人身上。

首先，我們將父親與兒子各自「出乎常情」的事件詳列如下：

一、父親因為○○，所以自我放逐到河裡。

二、兒子因為背叛了父親，所以□□。

然後，利用第三課提及的「比例式」（1：2＝3：6），得到如下的關係式：

父親：○○：自我放逐到河裡＝兒子：背叛了父親：□□

看出來了嗎？父親「過去」的○○密碼藏在兒子身上，而兒子「未來」的□□密碼藏在父親身上。雖然作者沒有告訴我們，父親為何自我放逐到河流中間，但所有我們應該知道的事，作者一件也沒漏，只不過他讓它發生在兒子身上。

懂了嗎？因為父親和兒子一樣，在人生的某個重要時刻，犯了一個可怕的「惡」，雖然這個惡在法律上無罪，而且沒有第三個人知道，但他們永遠無法原諒自己。

此後，那個惡會一次又一次的回頭來找他們。大部分的時候，他們會說服自己「那不是罪，而是人性弱點」，但在某些神祕的時刻，他們會低下頭，伸出雙手，放棄抵抗。

於是，父親自我放逐到河流中間。至於兒子，他已經許諾給「沙漠」了，只不過那個神祕的時刻目前還沒到。

第46課——黑暗之心IV

美大於一切的存在

殺孔雀，是人類所企圖的一切犯罪中最自然的意圖。那不是撕裂，而是把美與毀滅肉感的結合。

——三島由紀夫，〈孔雀〉

上一課，我們討論了「不太可能」的小說（〈第三個河岸〉）；這回，我們討論的是「不可能」的小說。所謂「不可能」，就字面上的意思是：連被閃電擊中、中大樂透等，這種微乎其微的機率都沒有！

接著，來看一篇完全不可能的怪異小說——三島由紀夫〈孔雀〉，梗概如下：

動物園裡的孔雀一夕之間全被殺了，警察懷疑凶手是非常喜歡孔雀的富岡。警察到富岡家搜查，結果無功而返。不過卻意外發現一件有趣的小事——富岡家牆上掛了一幅美少年照片，那是現年四十五歲，看起來又老又醜的富岡，十七歲時拍的照片。

不久，警察第二次到富岡家，不過這次是來道歉的。警察說，動物園裡的孔雀是被自己嚇死的，因為孔雀生性膽小，只要一有外敵入侵就會嚇得亂叫亂撞，最後肺臟破裂出血而死。富岡聽了，完全無法置信，他要警察帶他去探個究竟。

夜裡，警察和富岡埋伏在孔雀籠外，突然遠遠的傳來一陣狗叫聲，隨即孔雀亂叫亂跳起了一陣騷動。警察說：「沒騙你吧，孔雀的確是被自己嚇死的！」富岡搖搖頭說：「別這麼快下結論，野狗後面還有一個人。」月光下，野狗背後站了一個人，那個人是……少年富岡，牆上的十七歲美少年。

「怎麼可能？兩個富岡？」

沒什麼好驚訝的，我一開始就說了，這是一篇不可能，但卻發生了的怪異小說。

●〈孔雀〉，三島由紀夫／著（一九六五年）

事實上，前面的故事大綱裡漏了一些看似不重要，但實際上非常關鍵的內容。在得知孔雀集體死亡之後，富岡整天沉浸在一種酩酊的狀態裡，腦子裡想的全部都是：孔雀是一種天生沒有意義、純粹就只是美麗的鳥。因此不論養再多牛、馬或金絲雀，都比不上養孔雀豪奢。然而孔雀的被殺害，又比牠生存著、被飼養著，更豪奢。

最後富岡得到一個結論：

孔雀唯有被殺才得以完成……殺孔雀是人類所有犯罪企圖中最自然的意圖。因為那不是撕裂，而是把「美與毀滅」肉感的結合。這樣想著，富岡已認為那或許是自己在夢中所犯的罪。

現在讀者應該知道的，全都知道了。那麼讓我們回到一開始的問題：「為什麼完全不可能發生的事，卻發生了？」底下，有三種可能：

一、富岡說謊：牆上的十七歲少年不是富岡年輕的時候，而是確有其人。

二、這是一篇靈異小說：在那個未知的世界裡，什麼事都有可能發生。

三、這是一篇三島由紀夫小說。

從現實的邏輯來看，選項一或選項二都說得通，但從文學的角度來看，這兩個選項都會把〈孔雀〉推向不入流的小說。

唯有乍看像廢話、無厘頭的選項三，才能把〈孔雀〉推向文學藝術的聖堂。

沒錯，一切都是因為三島由紀夫。閱讀小說的時候，有時候必須把作者本人也加進去一起討論。

四十五歲就切腹自殺的日本作家三島由紀夫，一生醉心於日本的武士道精神，他認為所有的人事物都應該像櫻花一樣，在最美好的時刻凋謝。也就是在三島的心裡，他認為「美大於一切的存在」，因為美，所有的一切都可以被犧牲。

正因為如此，四十五歲（多麼巧合的年紀啊！）就又老又醜的富岡，才會有那麼巨大的能量，超越了現實的邏輯，把生命中最美好的時刻召喚出來，親自動手去執行殺孔雀這件豪奢的事。

最後，讓我們再來複習一遍富岡（其實就是三島由紀夫）的話：那不是撕裂，而是把「美與毀滅」肉感的結合。

第47課

詩小說

沒有答案，沒有入口，無法進入

復仇的春麗，別無選擇，只好降生此宮，童稚、哀愁、美豔、殘忍完美協調的結合，天蠍座。從眼神我就知道。

——駱以軍，〈降生十二星座〉

請問底下這段文字是詩，還是小說？

那年冬天，究竟是你的遺棄將我放逐，在詩和頹廢的邊陲。或僅為了印證詩和頹廢，我，遺棄你。

你當然可以從外表來看，分行是詩，不分行是小說，但很抱歉，這是一首詩。你之所以上當，表面上是我欺騙了你，我把分行的詩「連」起來。

但實際上這代表只要對方換了一件衣服，你就認不出眼前來的是人立而起的狗，還是狗爬式的人了。

詩和小說如何分辨？

駱以軍〈降生十二星座〉這篇小說之所以不易解讀，除了一般常提到的後現代、拼貼之類云云，我個人以為更直白的原因是它採取詩的結構，而不是小說的結構。

這一點不難理解，駱以軍擁有濃厚的詩人質地，他的第一本書不是小說，而是自費出版的詩集《棄的故事》。上面引用的詩句，正是出自同名詩作〈棄的故事〉。

什麼是結構？

根據教育部國語辭典的解釋：結構就是「各組織成分的搭配、排列或構造」，換句話說，結構就是內容物的排列組合方式。

●〈降生十二星座〉，駱以軍／著（一九九三年）

就我個人而言，小說的結構像大樓，詩的結構像鑽石。

大樓建物必須有一個「由下而上」的過程，也就是先有地基，才能不斷往上竄高，中間抽掉任何一小塊，整棟建物就垮了。很像脊椎動物的脊柱，環環相扣，缺一不可。

小說結構：A↓B↓C↓D

彼此相異，但有因果關係，順序不能亂調

至於鑽石則是「由核心往外發射」的過程，像八心八箭的鑽石，所有的耀眼與光芒，都來自於同一個核心。

什麼是八心八箭？

完美的切割鑽石，會呈現出八心、八箭的光學對稱性。從鑽石頂部看，呈現八個箭頭；從鑽石底部看，則呈現八個心形。不管八心還是八箭，它們都是從同一個核心發射出去的。

詩結構：Aㄅ、Aα、A¥、A¢

彼此相似，但沒有因果關係，順序可以亂調

小說與詩的結構差異雖大，但一般人卻難以辨識，原因在於結構藏於皮相之內，它是肉眼無法看穿的骨骼。

如果明明是小說，卻採用詩的結構，那辨識起來，更是難上加難。

舉一篇小說〈遺囑〉為例：

主線（死者的遺囑）

敘事者「我」的爺爺死了，留下一份遺囑，因而造成父親兄弟姊妹之間的爭執。

支線一（自殺者的遺囑）

父親長年外遇，每次見到母親，她都在抱怨、哭訴、揚言自殺，講到最後都在交代遺囑。

支線二（婚姻者的遺囑）

結婚前夕，未婚妻強迫「我」簽下「放棄陋習」證明書、「不與前女友們聯絡」證明書，甚至是「斷絕父子關係」證明書，每一份證明書都是與過去的自己告別的遺囑。

支線三

……

發現了嗎？這篇小說以各種「遺囑」串連起來，但刪掉哪一條支線都不會對小說造成嚴重的傷害。

現在讓我們回到駱以軍〈降生十二星座〉。

前面提過，小說有一個類似脊柱的結構，而這個看不見的脊柱，其實就是時間。在時間的軸線上，先發生的為因，後發生的為果，若干個因果關係層層疊疊之後，小說的內在骨架就出來了。

〈降生十二星座〉由數個小物件（故事）組成：十二星座、快打旋風、道路十六、不明原因自殺的女孩鄭憶英、不明原因坐到「我」旁邊的女孩、不明原因分手的前女友……這些故事彼此之間，各自獨立，沒有時間順序關係，也沒有前後邏輯糾葛，抽換掉任何一塊，都不會影響到整體結構。

彼此之間唯一的連結是共通的核心。

〈降生十二星座〉裡的鑽石核心是「沒有入口」，最鮮明的意象就是小說裡的「道路十六」電玩遊戲。一個封閉找不到入口的格子，所有人都只能在外圍打轉，沒有人能夠進入內裡那個熾熱又寂寞的愛情故事——直子的心。

「直子的心」偷渡了村上春樹《挪威的森林》裡的故事，直子的男友木漉不明不白的自殺，因而成為她一輩子揮之不去的恐怖陰影——他的死一定與我有關吧！

同樣的，正因為沒有答案，於是沒有入口，無法進入。對小說裡的「我」楊延輝而言，生命中的每個女孩都不明原因的來，不明原因的去，不明原因的死，每一個人都是一個沒有入口的謎。

一個謎可以忍受，那是折磨讀者的祕密。

但如果是八個謎、十二個謎呢？

就像漫天的繁星一樣，人類無法忍受沒有秩序，凡存在必有秩序，如果實在找不到秩序，那就創造秩序。

於是有了星座。

原來如此。

十二星座將人做了簡單的分類，好讓我們對於「沒有入口」的他人，有了一個簡單的想像，一個不焦慮的說法：

電玩「快打旋風」裡面的復仇女孩春麗是天蠍，所以童稚、哀愁、美豔、殘忍完美協調的結合……

原來如此。

因為星座，所以每個謎都得到了解釋，前面說過了，人類無法忍受沒有秩序，沒有「因為、所以」，就只剩下恐懼，一如那些超自然現象。

原來如此。

但會不會秩序反倒是虛妄的，一如漫天的繁星，「你可以在繁密錯布的整片星空，按著你的路線和位置，描出你要的神獸和器皿。但你再一眨眼，則又是一片紊亂的、你無由命名的光點。」

特別收錄

〈降生十二星座〉駱以軍 著

讓我們從「快打旋風」的電動玩具開始吧！當然，現在店面裡擺的檯子清一色是第三代、第四代之後了。你可以挑選從前被鎖在最後四關的四大天王：手綁長鉤、臉戴銀製面罩、穿蔥綠色緊身褲的西班牙美男子；拉斯維加斯拳擊擂台上三、兩下重拳便將對手撂倒的泰森；泰國臥佛前打赤膊、攻防幾乎無懈可擊的泰國拳僧侶；還有最後一關被孩子們稱為「魔王」或「把關老大」，開賽之初很帥氣的把納粹藍灰的軍官大氅一拋，然後乾淨俐落、標準世界搏擊動作的三、兩下把你幹掉的越南軍官。

以前你不能選他們的，現在你可以了。現在你甚至可以用自己和自己對打，譬如說你可以看見螢幕上穿紅衣的Ken和穿青衣的Ken對打，或是穿白衣的Ru和穿青衣的Ru對打，完全相同的程式設計：一樣的招式一樣的氣功和神龍拳（日本發音的Hurricane、颶風，他們會嘶吼著衝騰上天——ㄏㄡ——ㄌㄧㄡ——ㄎㄧㄢ！）孩子們喜歡挑日本宮殿屋簷上穿白色功夫裝的 Ru，像是真正肅殺的對決，畫面上頭髮還在風裡一陣一陣的翻飛，那個酷！當然你一開始就是堅貞的選用春麗，一個十五、六歲的中國女娃，背景大約是廣東某個市鎮的街道；後排坐著唐裝的陌然拎著一隻雞在宰殺的，還有另一個面無表情騎腳踏車經過比武現場的這些個中國人，還在簡體字的商店招牌下，有一張紅字的標語：「禁上吐痰」。

當然你始終在投幣五元後毫不考慮的選用春麗，有一部分原因是每每她將對手幹倒後，鬢髮零亂、衣衫不整，雀躍的露出十五歲少女欣喜若狂的嬌俏模樣，確乎是搔到你某一部分輕柔寂寞的心結。不過還有一部分是老電動迷懷舊的歷史感吧！孩子們不懂江湖恩恩怨怨的悲涼、你卻清楚記得早在第一代的「快打旋風」，背景是長城，一個曲背弓腰、白鬍長眉、打螳螂拳的中國老頭，他的武功輕盈刁鑽，後來卻被你抓到弱點，每每用陰毒低級的掃堂腿攻他下盤，讓老人家含恨塞外。所以當孩子們為著這第二代破檯後，電動為每一角色播放帶著煽情配樂的身世情節感到新鮮好奇時（譬如說那個酷 Ru吧，他在打完電動中所有擂台，悲嘆著此後天下再也沒有對手後，寂寞悲壯的背影朝紅色的夕陽走去；又或者那個俄羅斯摔角的巨漢，在把最後一關越南軍官幹倒後，會有一架直升機從天而降，機艙走出電腦設計之初還是蘇聯總統的戈巴契夫——啊！世局的紛亂比電動的機種還教人不能適應——和他一起跳俄羅斯方塊舞），你在看到少女春麗辛苦的撐完最後一場拳賽後，在哀傷的音樂下跪在她父親的墓前，字幕上打著：「爸爸，我已為您復仇。」然後十五歲的少女換上青春亮麗的洋裝，把不屬於她這個年紀的、染滿血和仇恨的功夫裝拋開。

啊，你怎麼能不臉紅心跳呢？電動玩具裡的世界。你的世界。你清楚記得是自己把那個仙風道骨的老人幹掉的。原來她是……仇家的女兒？不對！你是她的仇家。難道你要再用 **Ru** 或 **Ken** 或那個醜不啦嘰的怪獸，把這個單薄天真卻背負著殺父之仇的女孩再除掉嗎？

於是你每每在投幣後，總是麻木的故意不去理會底層複雜翻湧的心思，沒有後路的選擇了春麗，她代表這五元有效的、你電動玩具裡的替身。你是她的主人，你操縱著她如何去踢打攻擊對手（好幾次你無意識的讓她用出你最拿手、當初幹掉她父親的掃堂腿），她是你的傀儡，而你卻清清楚楚的看見，重疊印在每一場生死相搏的電動玩具畫面上的，你的臉，是她看不見的，在她上端的真正殺父仇人。

太凝重了。

再後來，你知道，每一個角色都是有星座的。

優雅平靜的Ru是天秤座。金髮、身穿火紅功夫裝爆烈性子的Ken是牡羊座。相撲的Honda是雙子。怪異的人獸雜交的戴著手鐐腳銬的布蘭卡是雙魚。美國空軍大兵是獅子。做著印度瑜伽、面容枯槁的修行僧是魔羯。下盤較弱、輕盈在上空飛跳的西班牙美男子是水瓶座吧！滿身刀疤的俄羅斯摔角巨漢是巨蟹。拉斯維加斯的拳王是金牛。那臥佛前的泰國拳僧侶就是處女座了。魔王是射手，毋庸置疑，乾脆、俐落、痛快。

復仇的春麗，別無選擇，只因好降生此宮，童稚、哀愁、美豔、殘忍完美協調的結合，天蠍座。從眼神我就知道。

當然我們都還記得三年十班的教室。那年我父親因我至今不很清楚的原因，被他任教的那所中學解聘，整整一年皆面色陰沉的賦閒在家。家裡孩子們瘋鬧的追逐到父親的書房門前，總會想起母親的凝重叮囑，聲音和笑臉在那一瞬間沒入陰涼的磨石地板。甬道的書櫃、牆上父母親的結婚照和溫度計、父母親臥房的紗門，還有一幅鏡框框著的米勒（Jean-François Millet）的《拾穗》（*Des Glaneuses*）的複印畫。小孩子都知道家裡發生了重大的事情，是在這個甬道組成的房子之外，我們所不能理解的。

我清楚的記得，三年十班的教室。那之前，我和哥哥、姊姊念的是靠近要往台北的那條橋的私立小學、小男生、小女生穿著天藍色燙得筆挺的制服，小男生留著西裝頭，鋼筆藍的書包上印著雪白的校徽。私立小學的校長據說是抗日英雄丘逢甲的孫女，父親是她政工幹校的同學、所以全校的老師都認得我們家的孩子。每當姊姊牽著我走過辦公室，很有禮貌的向那些老師問好，就會聽見她們說：「啊，那是楊家的孩子嘛！」

這樣和姊姊一同在回家路上，同仇敵愾的睥睨同一條街上那所國民小學的孩子……啊，骯髒的掛著鼻涕，難看的塑膠黃書包，黑漬油污的黃色帽子。也沒有注意父母那些日子不再吩咐我們別理那些公立學校的「野孩子」。於是就在一次晚餐飯桌上，沉默的父親突然面朝向我說：「這樣的，小三，下學期，我們轉到網溪國小去念好不好？」

本能的討巧的點頭，然後長久以來陰沉的父親突然笑開了臉，把我的飯碗拿去，又實實的添滿，「好，懂事，替家裡省錢，爸爸給你加飯。」

餐桌上哥哥、姊姊仍低著臉不出聲的扒飯，我也仔仔細細的一口一口咀嚼著飯。一種那個年紀不能理解的，糅合了虛榮和被遺棄的委屈，嗝脹在喉頭。

然後是三年十班的教室。我也戴上了黃色小圓帽。下課教室走廊前是我驚訝新奇的孩子和孩子間原始的搏殺：殺刀、騎馬打仗、跳遠、K石頭。陌生的價值和美學，孩子們不會為罵三字經而被嘴巴畫上一圈墨汁。說話課時從私立小學那裡帶過來的拐了好幾個彎的笑話讓老師哈哈大笑，全班同學卻面面相覷的噤聲發愣。

然後，是一次自然課和自己也一頭霧水的老師纏辯蚯蚓的有性生殖和無性生殖，博取了全班的好感。不是因為博學，他們不來那一套。那天原是要隨堂考的，老師卻在緊追不放的追問下左支右絀的忘了控制時間。有一些狡猾的傢伙眼尖看出了時勢可為，也舉手好學的問了一些莫名其妙的問題加入混戰：「那，老師，如果蚯蚓和蠶寶寶打架，是誰會贏呢？」「那萬一切掉的那一半是屁股的那一半，不小心又長出屁股來，那不是成了一條兩個屁股的蚯蚓嗎？」

後來我便奇怪的和一群傢伙結拜兄弟了。裡面有兩個女孩子，其中之一叫鄭憶英的女生，開始掛電話到我家。第一次是在房間偷玩哥哥的組合金剛，母親突然推門進來，微笑著說：「有小女生打電話來找我們楊延輝了。」

我訕訕的若無其事的去接了電話。

「喂。」

「喂，楊延輝，我是老五鄭憶英。我有事情要告訴你。」

「什麼事？」

「楊延輝，我告訴你喲，你不要去跟陳惠雯高小莉她們玩喲，你連話都不許跟她們講，否則我們的組織要『制裁』你喲！」

「我沒有。」但是那天放學我才看見老大阿品和老三吳國慶，和她說的那幾個女生在玩跳橡皮圈：「這是『大家』要你來通知我的嗎？」

「不是，」女孩很滿意我的服從，聲音變得甜軟：「是我叫你不要理她們的啦，我跟你說喲，那幾個女生很奸詐，她們最會討好老師了，她們還會暗中記名字去交給老師……」

啊，三年十班的教室！有時你經過學校旁的燒餅油條店，穿著白色背心卡其短褲的老劉會像唱戲那樣扯著嗓子作弄你：「楊延輝吔——咱們底小延輝兒白淨淨的像個小姑娘吔！」你紅著臉跑開。燒得燻黑的汽油桶頂著油鍋，老劉淌著汗拿雙很長的筷子翻弄著油條，老劉積著一小粒、一小粒汗珠的胳膊上照例刺著青：一條心殺共匪。油煎鍋上方的油霧凌擾扭曲著，如果你坐在店裡朝街上望，所有經過油煎鍋的行人、腳踏車、公共汽車，都蛇曲變形了。

後來是坐我座位旁邊的結拜第六叫什麼婷的女生，有一次上課突然舉手跟老師說她患了近視，坐太後面常看不見黑板。然後是鄭憶英自告奮勇願意和她換位置。

這是個陰謀。接下來的一天我都很緊張。我沒有和陳惠雯她們說話啊！她是不是來「制裁」我的？像是我的沉默傷到了她的自尊，女孩在前幾堂課也異常的專心，悶悶的不和我說話。到了最後一堂課，她開始行動了。她仍然端正的面朝黑板坐著，一隻手卻開始細細的剝我手肘關節上、前些天摔倒的一個傷口結的疤。一條、一條染著紫藥水的硬痂被她撕起，排放在課桌前放鉛筆的凹槽，我沒有把手肘抽回，僵著身體仍保持認真聽課的姿勢，刺刺癢癢的，有點痛。手肘又露出粉紅色滲著血絲的新肉。

連續好久，回家，母親幫我上紫藥水，慢慢結痂，然後女孩在課堂上不動聲色的一條一條把它們剝掉。

直到有一天母親覺得奇怪，「小三這個傷口怎麼回事，好久了，怎麼一直都沒好？」然後她替我用消毒繃帶包裹起來。

另外一次是老大阿品帶頭，教師節那天所有結拜兄弟（妹）的孩子們，都騙家裡說學校要舉行活動，然後一群入坐台北客運去大同水上樂園游泳。我把母親幫我刷得黑亮的皮鞋藏在書包裡，穿著老大阿品多帶一雙的拖鞋，興奮的和他們擠在公車最後一排隨著車身顛簸，覺得公車愈開愈遠，那個陰沉的父親小聲講話的母親的家，彷彿會從此，被我拋棄在身後，永遠不知道我是在哪一天離開他們的。

全部的人只有我不會游泳，兄弟姊妹們很夠義氣的湊了錢替我租了一個游泳圈。

我靜靜的漂在泳圈上，看著他們一個個浪裡白條，把寄物櫃的號碼木牌扔得老遠，然後嘩嘩鑽入水裡看誰先把它追回來。我有點害怕，究竟這是第一次大人不在身旁，而且第一次是漂在腳踏不到底的成人池裡啊！

然後，鄭憶英游到我身邊，她突然拉著我的泳圈，朝向泳池最深的地方游去。我很恐懼，一個念頭像周圍帶著藥水味的藍色水波無邊無際的漫蕩開來。

「她要處決我。」

我很想大叫救命，但覺得那會很難看。岸邊戴著墨鏡的救生員微笑的看著這一幕，不會游泳的小男生抱著游泳圈，讓個小女生游著牽他去看看水池最深那裡的感覺。老大阿品他們追逐小木牌的嘩笑聲已很遠很模糊了。她要處決我。然後他們全部都會相信那是意外。媽媽。我自尊的仍不出聲，但是眼淚卻混在不斷拍打上臉的水波流了出來。

「好。」然後她說，在最深的地方停了下來，不再朝前游。這裡連大人也很少游過來，稀稀落落的經過。

「你看我喔！」她讓我攀住泳圈，像一個珊瑚礁孤島上的觀眾席，然後放開我。她說：「我自殺給你看喔！」隨即鑽入水中。一開始我恐懼的是她會不會從水底抓我的腳把我扯進水中。但是一點動靜也沒有，我單獨的漂在那兒。救生員和老大阿品他們在很遠很遠的那一邊了，水面上寂靜無聲，時間太長了，她還是沒有上來。

我不記得她是過了多久才又鑽出水面，「楊延輝，你哭了吔！哈哈，你哭了吔！」那個下午的印象，便是我攀著救生圈，看女孩一招又一招的表演她的水中特技。她可以倒栽葱鑽進水中，讓兩條腿朝上插在水面上；她可以仰著臉，身體完全不動，像死屍那樣浮在水面；後來她還學鯊魚潛入水中，只露出一隻手掌環繞著我的救生圈游。

似乎是一場無聲的意志力的相搏，女孩有絕對的優勢，我唯一的防備便是頑固的不露出難看的保持沉默，待我哭出聲來後，馴服便完成了。

那是一九七七年的三年十班的課室，一切像透過油煎鍋的上方而恍惚扭曲著。後來父親又因我不知道的原因復職，我再度轉學到另一間私立小學。四年後，在路上遇見老大阿品，他和一群國中少年倚著一輛機車抽菸。「喂，阿輝吔，那個鄭憶英哪，你甘吔記得，去年自殺了喔！死去了啊！在浴室洗澡，好像把瓦斯打開啦！大家都有去出殯啊，老師嘛有去。你轉走了不算啦……」

關於春麗的「倒掛旋風腿」，很簡單，把搖桿下壓，然後上推，該瞬間按下「重腿」鈕；她的「無影腿」更容易，只要連續按「中腿」鈕，非常快速的按，則只是春麗的腿踢出一片白色的弧光。但這兩項的攻擊係數皆只有三。春麗向以輕捷取勝，她的絕招並不突出（相對於Ru、Ken，或是越南軍官、西班牙美男子）。她的捽打有效速率比任何其他一個對手平均快零點一秒，且攻擊效率高達四。

老電動迷應該清楚的記得，在我們的那個年代，有一種叫做「道路十六」的電動玩具吧？啊，說起來真教人興奮得喘不過氣來（那是個什麼樣的年代啊），小精靈的王朝剛過，天堂鳥（就是第一代出現防護罩概念的太空突擊類型的始祖）、大金剛、坦克、蜘蛛美人、巡弋飛彈、雷射、第三代小精靈、頑皮鬼（就是一種尾巴拖著顏料，把整個畫面畫滿才算過關的小精靈的變種）……相繼出現，那是電動玩具店爭相開張，第一個百花齊放的電動高潮。奇怪的是，待第二個王朝（俄羅斯方塊率領著雷電、古巴反戰、一九四三、麻將學園出場的輝煌時期）和緊接在後的第三王朝（快打旋風王朝）的相繼出現，都已隔小精靈世代有六、七年之遙。在電動玩具店打小精靈時，你還是穿著深藍色、訂做得很緊的短褲，把白襯衫拉在皮帶外面，故意把書包揹帶放得很長的國中生；到了快打旋風的時期，你已是延畢了一年，叼根菸，面不改色，一疊硬幣放在一旁靠銀彈來「破檯」的大學老鳥了。

我們總要為之困惑，這空白的六、七年間，在螢幕那邊的世界發生了什麼事？為什麼中斷了那麼長的一段時間？是警力在這之間展現了他們掃蕩電玩的韌性？那真是笑話！是因為家庭任天堂電視遊樂器的出現？拜託，請尊重一個電動玩家的品味好嗎？任何一個用慣搖桿且縱恣於電玩店的那種臨場強烈的男子漢，怎能忍受坐在自家客廳味同嚼蠟的玩著畫質粗糙的超級瑪莉、北斗神拳？那是、那是因為賭博性電動玩具在那段時期盤踞在我們老電動迷的老巢囉？

我可以奉勸你，倘使再用這樣的外緣線索臆測下去的話，有點自尊的老電動迷會摸摸鼻子，突然把話題岔開，他不願再和你談下去了。

再回到「道路十六」吧！

畫面上是上下縱橫各四行總共十六個格子，每個格子有一個缺口（圖一），音樂開始播放時，你會看見畫面上十六個格子之外的部分——那便是道路——有一枚綠色移動的小光點，那便是你；後頭有三枚白色亂竄追逐的小光點，那是電腦，也就是企圖追撞你的「敵人」；在十六個格子中的其中六、七個格子裡，會有微微發光的星號，那是寶藏，標記著提醒你不用進入其他沒有寶藏的空格子。於是你開始在方格和方格間的道路上逃竄著，然後進入某一個裡頭有星號的方格之缺口。

豁然開朗。螢幕瞬變為你進入的方格的放大，原來一個方格是一個獨立的迷宮世界（圖二、圖三），原先匿身在十六個方格中的一個格子，這時向你鋪展出它整個迴環曲折的道路迷障。你原先的小綠點，原來是一輛逃亡中的賽車；隨後莽莽撞撞跟進來的，是三輛窮追不捨的警車。方格裡的世界可熱鬧了：除了纏繞糾葛在一起的迷宮通道、死胡同以及十字路口，你要找尋的寶藏、岔口處的一個泥淖（不小心陷進去了，車子會噗嚕噗嚕的前行不得，等著警車來追撞你了）、炸彈、移動的鬼臉，以及錦標旗（吃到了的話，原先追逐你的警車會變成四處竄逃的錢袋，換你去吃它們）。

三年十班的課室。

從哪一次開始呢？此後，許許多多次，正當處在生命的某種轉折，腦海中便浮現了那樣一個

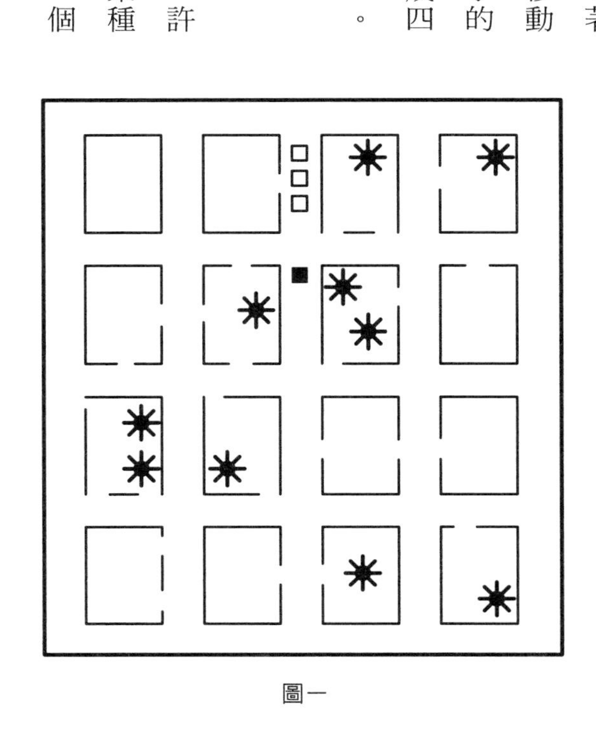

圖一

初秋的游泳池裡，我腳不著底的攀住游泳圈，鄭憶英環繞著在水裡鑽進鑽出表演各種艱難的水上特技。沒有說話的聲音，只有嘩嘩撥水及身體和泳池的水撞擊的聲音。一次是高中時被一群留級生叫到小巷子裡圍毆，在「幹伊娘」的吆喝聲和結結實實紛落在臉頰和肚子的拳頭中，突然想起一片湛藍色的泳池，我浮在泳圈上漂在無止境延伸的恐懼裡，而鄭憶英努力憋著氣把自己的身體壓在水底的畫面，突然嘴角帶血的噗哧笑了起來。

「肖吔！」

幾個留級生像是沾到了什麼污穢的東西，或是撞見了某種邪惡的巫祭那樣，神色狼狽的丟下我跑開。

另外一次是大學時的第一次戀愛，拍拖

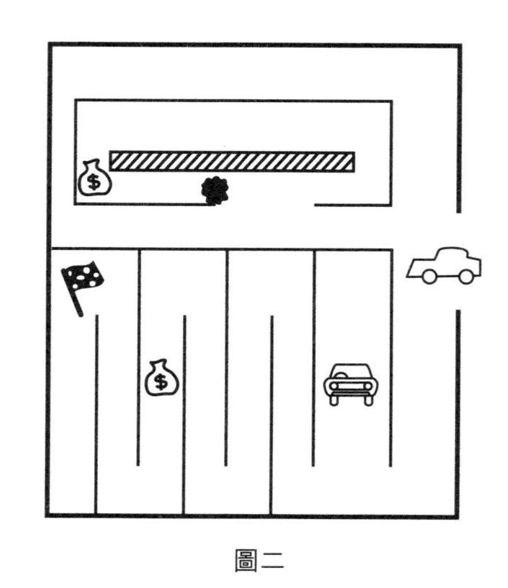

圖二

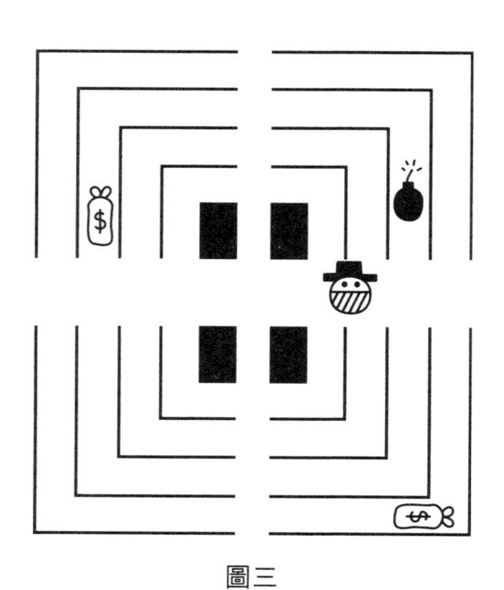

圖三

了兩年的女友有一次喝醉酒跑來宿舍找我。她原是個很少說話的女孩，那一次突然做出異常痛苦的表白：「楊延輝，我完全不知道你在搞什麼，」她說：「我也從來不知道你腦子裡在想什麼，我的朋友對我說你也許是個同性戀……我不知道我們這樣算什麼，不冷不熱的……」

我一邊拿著濕毛巾幫她擦臉，一邊很努力的想聽明白她說的每一個字。

「你不要老是一副置身事外的樣子，你臭屁什麼？」她哭了起來：「你又對我了解多少？我告訴你，如果有一天我毫無來由的自殺，你知道我心裡在想什麼嗎？」沒有任何理由的，突然，我決定要和這個女孩分手。鄭憶英在鑽入水底前，微笑的對我說：「我自殺給你看喔！」那樣的一張臉，像特寫一般擴大浮出。戴上泳帽的圓臉，有一綹沒被蓋住的髮絲沿前額濕淋淋貼著。

有一次，在滿妹的店遇見一個老電動迷。「滿妹的店」是一個叫做滿妹的女人開的一家 pub。據說滿妹從前做過空姐，據她本人說「滿妹」這個綽號就是那時得來的。按說她們飛機一個班次飛出去通常都不會坐滿，一般是七、八成，較空甚至五成。空服員在替乘客熱排餐、端飲料、遞毛巾，應付了一些較囉嗦的阿土之餘，總可以到後艙斜倚著休息，聊聊天、打打屁。不過一旦遇上機位全滿，空姐們可就得忙得叫苦不迭了。

這時空姐之間就會出現一種介乎遊戲和迷信的儀式：「抓滿妹。」幾個空姐互相狐疑的嗅著彼此，「誰是滿妹？是誰？快承認！」意即「命裡帶滿」害大家忙得不可開交之人。

滿妹說，沒什麼好抓的，從她分發上機後，不管飛國內、飛國外，每一架次都是客滿。罕見的純種的滿妹，綽號就這樣傳開了。一開始大家還又驚又好笑的混著她鬧，久了，究竟客滿時的服務飛一趟下來會把人累死，她發現大家在背後排班時，都想盡辦法調開不和她一起飛。「後來真的飛不下去了，就賠點錢不幹了。」滿妹叼著菸，在吧檯上空懸著大大小小的雞尾酒杯下，感嘆的說：「倒是自己開了店以後，覺得這個綽號倒挺順耳的，每天都客滿。」

那天我在滿妹的店裡按例用春麗破了一次「快打旋風」的檯，不知為何心裡空蕩蕩的無限寂寞。我坐在吧檯上，連點了兩杯龍舌蘭。

「滿妹，會不會有一天，春麗在順從我的指示踢打敵手的時候，突然靈光一閃，猜疑到她要面對的殺父仇人，不是這一關又一關周而復始一一躺在她腳邊的死人：Ru、Ken、印度瑜伽隱士、美國大兵、西班牙美男子、人獸雜交生出的畸形兒、泰森，還有越南軍官。春麗知道，只要我投幣，就一定會選擇她。一旦選擇她，殺父之恨一定可以報仇，但是這個『殺父之仇』為什麼可以一再重複呢？上一次她最後一腳把越南軍官踢死時，不是已在父親的墓前告慰過父親之靈，且已將功夫裝丟棄了嗎？為什麼還要再一次又一次的從頭開始呢？是不是其實『殺父之仇』根本從來就沒有解決，真正的殺父仇人還逍遙的在一切殺戮之上，玩弄著她的命運？她會不會狐疑的抬起頭，在一瞬間看到螢幕之外我的眼神？」

滿妹一邊聽我說話，一邊笑著調其他客人的酒。每個晚上總會有這麼一、兩個客人，神色認真而非調情的告訴她一些她聽不懂、卻又覺得奇妙新鮮的事吧！滿妹到底是個被寂寞浸染過的女人。我常常在想，當她每晚從一桌一桌醉倒的沒有臉的人們桌上，抽走一只又一只空酒瓶；把飛鏢盤旁邊的記分黑板擦乾淨；清掃廁所時，發現猙獰盤紮在牆上的簽字筆留言：各種性器官和性交的圖案，還有諸如「台灣共和國萬歲！」「余永卿我操你屁眼！」（那不是我高中教官的名字嗎？）還有重複了至少一千遍各種字體的 FUCK，突然在其中發現一長排工整的字：波特萊爾是牡羊座齊克果是金牛座福克納是雙子座柏格曼的巨蟹座空缺歌德是處女座葛林是天秤杜斯妥也夫斯基是天蠍當然嘍貝多芬是射手三島由紀夫是魔羯大江健三郎水瓶而馬奎斯是雙魚。

不知滿妹會做何感想？

「不過那晚我確知滿妹是不可能了解我所說的那個世界，於是我的寂寞更加濃稠起來。這時候，旁邊一個傢伙突然對我說：

「先生，你聽我哼一段曲子。」他開始哼了起來。

「啊，『道路十六』，」我的眼睛亮了起來，「那麼你是……」

「不錯。那麼老兄你也是經歷過第一次電動王朝輝煌時期的老傢伙嘍！」我們都興奮極了，又向滿妹點了兩杯酒，滿妹也感染了我們的情緒，湊近坐在我們對面。

「唔，道路十六。十六個格子，還有格子外面的街道。進入和離開。一旦進入，螢幕上張開的是你必須獨自面對的迷亂道路，還有各種把戲：錢袋、泥淖、炸藥、鬼臉、錦標旗，你還得對付後頭跟進來的警車。離開一個格子，你又變回一枚小小的綠色光點，有其他的格子等著你進入。

「不過我們通常都在進入之前便已被暗示過了：發著微光的星號，哪些格子裡有寶藏我們才進入它們，通常都是那六、七個格子在輪流，雖然一關一關藏放寶藏的格子或有不同，但是，你知道的，電動這玩意兒弄久了，分數高不高、破不破檯是很其次的——」他突然停下不說，望著我。

「是不是你發現了什麼蹊蹺？」

「嗯，」他說，「最先是，我突然懷疑，我在這一關又一關逃著警車的寶藏搜尋中，真的曾經每一個格子都進去過嗎？於是我開始不理那些發著微光的星號，朝那些個沒有星號的空格子裡鑽。這樣的不理會遊戲規則的探險，其實亦要付出很大的代價——我常常被不知是否我多心，但似乎更戒慎防範著我跑進空格子裡的警車逼死在那些空格子裡——不過基本上有的空格我確實記得是在另一關進去過了，而僅存的幾個空格，進去後也大同小異……」

「啊，」我佩服極了，「說起道路十六，國中時我們班上還沒有人敢向我挑戰，沒想到是一場懵懂，搞了一場，根本有那幾個格子，是我根本不曾進去過的……」

「你別難過，其實我也並沒有全進去過。」

我不很明白這句話，不過他這時向滿妹要了紙筆，把其中兩個格子的迷宮路線畫給我看。

「怎麼，全是死路？」

「對，一進去，發現苗頭不對，但是警車就跟在後面，只有硬著頭皮朝裡面走，然後在迷宮的核心絕望的被撞死。」

「可是你還是進去啦。」

「我說的不是這個。」我感覺到他的眼神開始飄遠，「進去了，就算是死路，好歹也進去了。但是，一直到今天都讓我困惑不解的是，靠右那一行的最下一個格子，根本就沒有入口可以進去……」

「沒有入口……」

「對，根本進不去，就在十六個格子的縮小圖的右下角，你看見你自己是一個綠色的小光點，繞著那個格子焦急的打轉，然後，砰！我不知換了多少銅板，坐在電動前面，直到兩個眼圈發黑，還是一樣。投幣，你有三架，砰！砰！砰！再投幣。這樣耗了一個星期，電動玩具店裡那些長頭髮的混混和小學生，都圍在我的後面看。他們以為我是電動白痴還是什麼的，心痛的提醒著：『要進那些有星號的格子啦，那裡面才有寶藏啊！』」

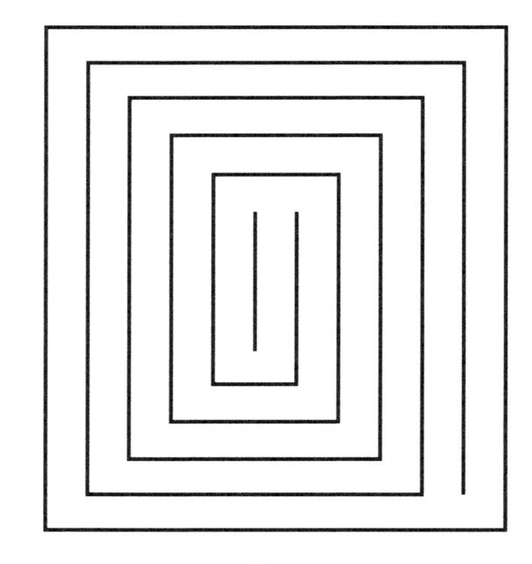

圖四

圖五

「會不會是程式設計之初，設計人偷懶，算準了這九個格子根本沒有人會進去，而其中一個，他已經沒有靈感該設計什麼樣的迷宮了，乾脆把入口封住。結果不是『無法進入』，而是根本沒有『裡面』。」

他很詫異的看著我，彷彿不敢相信我會說出這樣的話。

「你以為『快打旋風』設計之初，春麗真有能力思考她為父報仇這件事的荒謬性嗎？」說著，他放下酒杯，板著臉叫滿妹結了他自己的酒錢，看也不看我一眼，就推門離開酒吧了。

根據克卜勒第一定理，行星在太空中繞行的軌道是橢圓形，而太陽位在此橢圓形的雙焦點之一上。第二定理聲稱兩行星與太陽的經矢（半徑矢量）在相同時間內，所掃過的面積是相等的。第三定理敘述各行星繞日週期與其和太陽的距離之關係。

於是你想像著你為道路所包圍，你太清楚每一條道路的號誌、分隔島、斑馬線、行道樹、商家，以及下水道的圓洞入口。你韜略於胸，知道如何超車、闖紅燈而不致被拍照，甚至逆向行駛，卻可以流暢的閃過所有迎面而來的車陣。

你知道哪一段和另一段的交岔路口因為捷運施工必然塞車，所以你從容的在那個路口之前便先鑽進小巷道，在歧岔錯亂、恰好容你車身通過的窄巷裡以四檔快速鑽行，然後越過那個路口才又回到大路。

你的乘客們駭異的嘆息著你對道路的熟悉，像狎玩於自己手心的掌紋。在你的眼中看來，每一個城市，不過就是由大小粗細的道路編織而成。你不太理會流連於那些五光十色的招牌，路人的臉，便利商店，或是卡式電話亭，你只專注於道路的錯密相銜，所以你不太會迷路，而一個城市在面對你時，總得順從的卸去它的飾物和武裝，把它的管脈和腸肚攤開在你面前。

但你握有的永遠只是道路，你發現你永遠沒有推門離開過車子，你永遠在前面，循著路的迎面張開而前進。你從一處缺口進入一個格子，你以為你進入了，但你只是被路推著輸送，然後你便又從另一處缺口離開了這個格子。

回到春麗身上吧！

你想到在你生命裡，間斷的以不同星座降生在你身旁的春麗。牡羊座的春麗、處女座的春麗、水瓶座的春麗、金牛座的春麗、雙魚座的春麗。

第二次出現，你已是國中二年級的男生了。小精靈電動的熱潮已全面淹過了之前的小蜜蜂和三台一星際大戰。你冒出喉結，每一定期便假裝大便坐在馬桶上，偷用父親的刮鬍刀把細細冒出的恥毛剃掉。你和你的朋友面不改色的把人家停在公寓樓梯間的腳踏車幹走，然後拼裝改造，車子幹了愈多以後，你開始轉賣給你的同學。你們還特地遠征獅子林，大批買下那種鐵工廠鑄造的黃銅代幣，十塊錢可以買下一把，然後你回到永和冒充五元硬幣去打電動。後來電動玩具店全部貼出了「禁用代幣」的警告，你們想出別的花招，把一元的銅板外環繞上一圈保險絲，大小恰和五元銅板一般（啊，那時的一元和五元，都好大一枚啊）。

這是你自己的回憶的時間組合，在學校裡，時間以另一面窗口在拼湊著你的角色。你很少講話，像那些好學生一般神情凝注的看著上課中老師一張一合的嘴。但你的老師總是詫異不解，為什麼這個安安靜靜的學生，每次考試都能考出他們無法想像的低分呢？你乖順的伸出手挨板子，從不露出難看的樣子（有些傢伙挨打時會難看的哭泣求饒或掙扎）。其實你心裡正在盤算著如何將小精靈的百萬公式路線修正，以適用於第二代程式改過的小精靈。

然後在一次月考後的座位重編，一個一向成績維持在班上前十名的女生，突然被排在你旁邊。那次月考她考了全班倒數第二名，你當然仍舊因為墊底而坐在你的老位置上。那接下來的一、兩個月，驚怒的老師把注意力全放在這個成績幾乎可說是在一夕之間瀑瀉而下的女生身上，反倒不太找你麻煩了。

但她終究是和你不同的種族。有一回她被叫上台去，卻從容完美的在黑板上解出了一題很難的幾何題，你在心裡防衛的想：只要再經過一次月考，她很快便會被調回她原來的、在前排的座位。

女孩的心思卻似乎並不放在這上面。另一次她又被叫上台去背一段英文課文後，回到座位上冷笑的對我說：

「你不覺得他們挺煩人的嗎？」

我告訴她老師現在還在盯著她，有話下課再說吧！

「你相不相信，」她打了一個呵欠：「我是為了坐在你的旁邊，才故意把月考亂考。」

在下一秒我們被老師怒叱在課堂上講話而到教室後面罰半蹲之前，她說：

「不過我現在有點後悔了。」

（啊！我想起來了，那是你第二次的出現。春麗。但你究竟是天蠍座、牡羊座，或是射手座的？）

牡羊的形象代表了一種二元性（男性與女性），它強調一種團體性的關係，而非孤立性的表現，這點和其星座宮及生肖表的意義也相符。牡羊座掌管第一宮，所謂開朗外向的性格特色，也是我們意識中社交性強的自我部分。牡羊座的守護星火星代表著創世的第二波運動，自雙魚座的海洋上升，象徵著星座之輪的生命火花，也是活力循環的起始點。在有意識的自我從無意識的內在性格中衍生之際我們彷彿看見了牡羊座的精力根源自雙魚星座那富創造能力的海洋中升起。雙魚座在宇宙的星球間，大氣和雲層之中合併起來，並因此形成了後來的太陽——牡羊座。

——席拉．費倫特（Sheila Farrant），《女子星座》（*Symbols for Women*）

情境僅中止於此，女孩確實在下一次的月考後調回前排的座位，老師鬆了一口氣，班上突兀的躍出他控制之外的一枚粒子，又歸位於原初的秩序。

道路在你面前依序展開，她已經在你隔壁了，你可以聽見格子裡隱約跳動的心思頻率，不同架子上不同試管裡化學藥劑格格顫響，你可以好整以暇的測量她兩眉間和鼻梁間的十字比例，或是由顴骨和下巴的角度測知她是代表死亡和性慾的埃及遺族的天蠍，或是貞潔殘忍的亞馬遜女戰士的牡羊。

但是情境僅在此便中止了，你再度被摒擋於她的格子之外，只差一層薄牆，一個缺口，你便能進入，經歷她所給你的迷宮路線。

沒有情境。

或者你可以預先知道她所屬的星座，替她假擬好一幅她所應有的迷宮路線（啊！你全能的星座備忘小手冊），再按著假擬好的岔口、轉角、巷衖、速限、高架橋，替她構建她所應延續的情境。

譬如說射手座的她吧，會不會在一次午休時，糅雜著好奇、挑釁與犯罪共犯的尖稚嗓音，問你敢不敢把你那個男生的小雞雞掏給她看，她只是不知道那是怎麼樣的一個玩意兒。或者是巨蟹座的她，在一個陰天的週末下午邀你去她家，房間裡奇異的瀰散著一種老人特有的癬藥藥膏的清涼氣息，還有洞穴般的黯淡色調與光線。她沒有和爸媽生活在一起，每天放學回到家裡只有重聽的奶奶。她的房間是那種老一代人的紅木家具、斑駁不堪的五斗櫃和圓鏡梳妝檯，牆上掛著一張鏡框黏滿蟑螂屎的她父母的黑白結婚照。你無法避開視線的看見她疊好在床沿的、不應是少女所有的、老阿嬤才在穿的那種老式粗布胸衣和胖大內褲。

當然也可能是金牛座的她，比你要沉默的敵視著不斷找她麻煩的老師，然後一個清晨的早自習，她那穿著牛仔褲、馬靴的年輕母親，在走廊流著淚告訴老師，她的女兒昨天夜裡吞了一罐安眠藥，還好發現得早，現在在醫院洗胃。這孩子承受壓力的能力較差，又不知道她心裡在想些什麼，能不能請老師對她標準放寬些？

終於有一天你驚悚的想到一個問題：

我是什麼星座的？

（是呀！我自己，我自己是什麼星座的？）

關於神龍拳的操作方式：以左手虎口銜住搖桿，彷彿逆時鐘三點至十點半，畫一道一百三十五度左右的弧，畫弧同時右手瞬間按下「重拳」之鈕，螢幕裡的Ru便會嘶喊著「ㄏㄡ——ㄌㄧㄡ——ㄎㄧㄢ——！」舉拳朝天擎飛而起。攻擊係數三成三。防禦係數二成五。若是畫弧同時右手按下「重腳」之鈕，則是Ru劈腿在空中打螺旋槳一般的「旋風腿」。不過中看不中用，攻擊係數只有兩成。防禦係數低至零點五成。搖桿若是由九點方位至四點半方位同樣逆時鐘畫一道一百三十五度之弧，右手按「重拳」鈕或「輕拳」鈕，則是在第一代快打叱咤一時的「氣功」，一團白色的氣功球Ru在一招「亢龍有悔」式的雙掌中拍出，第二代攻擊係數被壓低，只有一成。防禦係數仍高達五成。

常常在和一個人分別了很多年以後，重逢時錯愕的聽見他們在描述著一個陌生的、和你完全無關的你自己。像是一個你早已遺棄的、有著你的臉的死嬰，卻在你毫不知情的情況下，在他們的溫室裡被孵養長大。你恐怖的想像著那個死嬰，在他們的溫室裡，發出啵啵聲響成長的情形。有一天，你在戲院裡，或是隔旁的公用電話，或是公車後座兩個聒噪的女人的談話裡，聽見她們在談論著「你」——那個早在某一處岔口和你分道揚鑣的「你」。

「那不是我！」你在心裡大喊。

大學時沒有理由便分手的女友（後來我知道她是雙魚座的），許多年仍持續著寫信給我，大約拖了三、四年吧，終因我始終沒有回信而中止了。有一天夜裡我在滿妹的店裡拉 bar 贏了四千多塊，請滿妹及當時店裡寥寥無幾的客人每人喝了一杯酒，走出店來，我在街道上突然寂寞無比的想念起那個雙魚座女孩。回到住處我瘋狂的翻箱倒櫃，把她這些年來所有的信給翻了出來。卻發現一封又一封叨叨絮絮的自語，正是她一次又一次關於她的保溫箱裡，我遺留在彼的死嬰，培養中持續在裂變成長的實驗報告。

她的最後一封信有一段這樣寫著：

……今天早上刷牙時，在牙刷上先擠一截百齡鹹性牙膏，再擠一截很涼、很辣的黑人牙膏，突然想到這不是你的習慣嗎？我已不知模仿這個習慣有多久了。這樣想著，便一個人在浴室裡哭了起來，並且決定這封信以後，再也不寫信給你了。……我周圍的幾個好朋友，都對你的生活細節瞭若指掌，她們成天聽我重複的描述，似乎是我對於你童年記憶的一片空白的補償，我至少比你還要清楚的掌握了某一段時期的你自己……

我曾經有那樣的一個習慣嗎？在牙刷上擠一半鹹性牙膏，擠一半涼性牙膏，我完全不記得了。

是不是從那以後，突然耽溺於十二星座的認知遊戲？

用黃道十二宮的白羊座、人馬座、獅子座諸星代替了佛洛依德的口腔期、肛門期、意識與潛意識。

在認知的此岸，隔著隨處充滿了讓認知滅頂的湍流和漩渦的真相大河，不敢貿然再涉水而入。於是你開始以人類極限的神話，去替繁浩無垠的星空，劃分你所能掌握的座標和羅盤。

十二個星座乍看是擴張了十二個認知座標的原點，實則是主體的隱遁消失。他人的存在成了一格一格的檔案資料櫃。認知成了編排分類後將他們丟入他們所應屬的星座抽屜裡，而不再是無止境的進入和陷落。你會說：啊，這個傢伙是雙子座的，所以他的喜怒無常是在表層隨語言而碎裂的宿命性格，他的性格隨他說出來的話而遞轉。結果對不起，他說老兄你記錯人了，雙子座是另一個某某，我是天蠍座的。哦！於是你趕緊翻閱你的星座備忘小手冊，那就是了，早熟的原罪意識，黑暗深淵的正義膜拜者，天蠍座的，不能控制自己的犯罪本能，卻遠比任何一星座為著自己曾經的罪或不貞而自懲或自虐。我明白你的衝突。

可以挑選任何一套詮釋的系統，只要你按下你所屬的或你要的星座，所有表象於外的乖詭行為、歇斯底里的扮相、你不能理解的沉默或空白，都可以匯編入它的星座解剖圖。啊！你只要握有那個星座的指南，就可以按因應於他（她）們性格節奏而設計的謀略，照著路線，一步一步直搗私處。

甚至你可以直視自殺，你可以直視自殺後面的無邊的黑暗。

鄭憶英。你想起了鄭憶英。

我最後一次遇見那位「道路十六」老兄是春麗在城市的上空出現的前一晚。那一陣我將近一個月沒再踏進「滿妹的店」，一方面是為了賭氣：有一晚我在滿妹的pub裡，按例選了春麗，寂寞又麻木的操縱著那台「快打旋風」的搖桿和按鈕。像儀式一般的，當我破檯之後，我會點一杯馬丁尼，坐在檯子前，看著螢幕上千篇一律的結局：春麗跪在她父親的墓前，悲傷祝禱：爸爸，我已替你報仇，請安息吧！然後她扔開她的功夫裝，換上洋裝，把髮髻解開任長髮披下。

但是那晚，當我已讓春麗打至最後一關越南軍官時，有一個穿著制服的小學生跑來坐在我的旁邊，在我來不及疑問小學生怎麼可以跑到pub這種地方來時，他已敏捷的投了五元下去，並按下雙打的按鍵。

這叫做切關，就是從中闖進來的意思。你和電腦的對打先停下來，必須和切關的人打擂台。打贏了再繼續和電腦的比賽，輸了，你就摸摸鼻子走開。

邪門的是那孩子也選春麗，穿紅色功夫裝的春麗。螢幕上只見兩個衣服顏色不同、長相一模一樣的春麗翻跳廝殺。第一局我贏了，但是接下來兩局皆輸。我不服氣投錢再繼續，但這回更慘，他的春麗幾乎一滴血都沒流就把我的春麗幹躺在地上。

我大約換了兩百塊的銅板，不斷的投幣，但是一次又一次的看到我的春麗在哀號中倒下。我們的對決驚動了包括滿妹和櫃檯這邊的顧客，大家嘖嘖稱奇的圍在我和小學生的後面。那孩子氣定神閒，等著我狼狽又暴躁的投幣。

「算了吧！」當我把口袋的硬幣用完，正準備起身再向滿妹換錢時，滿妹輕輕按著我的肩膀，小聲的說：「不要和他打了嘛，我請你喝杯馬丁尼好不好？」我真是傷心極了，看著那孩子輕易的破了檯，「他的」春麗跪在她父親的墓前：爸爸，我已替你報仇，請安息吧……

我就這樣賭氣的一個多月不再踏進滿妹的店，所以當我再於「滿妹的店」遇見那個「道路十六」老兄趴在一台機器前聚精會神的打電動時，我並不知道那是已放在店裡一個星期的「道路十六」。

「怎麼可能？這不是道路十六嗎？」我失聲驚呼出來。

「怎麼樣，」滿妹得意的說：「一九八二年的機種，一個朋友在基隆的一家撞球店看見，一萬塊就給我殺回來。這個傢伙啊，第一天來，看見一台『道路十六』擺在那，眼淚就直直兩行流了出來。」

但是那傢伙渾然不覺我們的談話，下巴直直的伸向螢幕。畫面上橙色綠色的光，在他面無表情的臉上流動。這下他可以慢慢的找出進入右下角那一格的方式了吧！心裡這樣想著。十年前的老電動，真是像做夢一樣。但是我發現他竟把自己的賽車往左上角走，然後在左上第二格裡的死路被警車夾殺。

「就是上回快打旋風將你擊敗的那個小學生，」滿妹興奮的告訴我原因，但我微微有一種遭受傷害的委屈，她不知道我是為了什麼而一個月沒出現嗎？「有一天站在後面看著他打，繞著畫面右下那一角，怎麼樣都進不去，突然就說話嘍：『第四格的入口不在第四格的外頭，而是在其他格子的裡面。』奇怪的孩子……」

「果然是程式設計的詭計。」

「也不算是詭計。這傢伙誓死要進入道路十六第四格內部的消息很快就在店裡的客人間傳開。有一晚，一個客人扔了一本日文版的《一九八二年電動年鑑》在我的吧檯……書裡有一段報導了這個電動程式設計之初發生的一些內幕：『道路十六』程式的原設計者是一個叫做木漉的年輕人，這道程式上市之後三個月才被人發現出了問題，也就是第四格沒有缺口無法進入。至於是木漉刻意設下的一格空白，還是程式設計中途因他瞌睡而發生的錯誤，沒有人能知道，因為木漉在『道路十六』推出後一個星期，就在自己的車房內自殺了。總公司找了木漉生前的好友，也是他們電動程式圈子裡另一個數一數二的高手，一個叫做渡邊的傢伙。

「這個渡邊，嘗試著把木漉設計的程式叫出，卻一籌莫展。原來有關第四格部分的程式，被木漉單獨用密碼鎖住了。年鑑上還透露著另一段關於這兩個程式設計師之間的一段祕辛：似乎是在木漉死去之後——或許在他生前便已暗潮洶湧的進行——渡邊愛上了木漉的妻子，一個叫做直子的女孩……」

「先別說這個，」我打斷她：「後來程式究竟解開了沒有？」

「可以說沒有，也可以說解開了。」滿妹說：「渡邊沒有辦法拆開鎖住第四格入口程式的密碼，但他也不是省油的燈，就另外設計了一套進入第四格的入口程式，但這個入口，他只好把它放在別的格子的迷宮裡了。不知道有沒有人找到這個入口，但顯然確實是有這麼個入口，可以進入第四格裡。年鑑上提到，渡邊替這個看不見入口的第四個格子，取了一個暱稱，叫做『直子的心』。而且，他在『道路十六』上市一週年的那一天，也在自己的家裡自殺……」

「真是悲壯！」其實我不知該說些什麼，坐在機器前的老電動，這時咕噥出一句：「最後一格了，我就不信還找不著……」

「他這一個星期，全在做地毯式的搜尋，一格迷宮一格迷宮的碰……」

就在滿妹的話說到一半的當下，毫無預兆的，那傢伙的車已進入第四格了。

先是一連串的英文，大概是說：恭喜你進入第四格，不管你是無心還是故意的，你已闖入了我、渡邊、我的好友木漉，以及直子的祕密通道……

然後，他的賽車便出現在一個空格中了。這就是第四格了，我激動的想。這個格子（這時是整個畫面）沒有任何迷宮和道路，只有兩行字：

直子：這一切只是玩笑罷了。木漉。

下面一行寫著：

直子：我不是一個開玩笑的人。我愛你！渡邊。

有好一晌所有圍著電動的人都沉默無聲，畫面上那輛賽車停在兀自閃跳的兩行字旁。警車是無論如何也進不來了。我不知那個老電動他內心做何感想，困擾了十年來的格子，闖進後卻發現是一段別人糾纏私密的故事。兩個先後自殺的程式設計師和一個女人的愛情。「直子的心」，艱難的千方百計的進入，各種路線和策略，結果只是兩句話。「真是熾熱又寂寞的愛情啊！」我輕輕的說，並且發現每個人的臉色都很難看，便踮著腳，沉重的離開「滿妹的店」。

不能進入。

當然你可以看見街道。街道上移動的人。或者你會經過公車站。你是隔著相當厚的車窗，人的表情和顏色很容易被速度拉成扁貼在餘光的玻璃上的，水裡的毛巾絮端什麼的。你可以看見儀表板、螢光的指針和鐘面數字。那一陣子你開始利用塞車聽貝多芬：最後的弦樂四重奏、合唱、小提琴協奏、《皇帝》，後來你甚至聽《命運》。你很認真聆聽，但你感到那是一種充滿，你無法進入。

你把音響開得非常大聲，所以你始終覺得車窗外的世界是清潔無聲的世界。每一個紅燈時，你會茫然盯著前一輛車的車牌數字。你會盯著任何另一輛車的裡面，裡面的人。有時有戴斗笠綁著花布頭巾的黝黑婦女敲你的車窗，她會發覺你用驚悚畏縮的眼神看著她，她只是賣玉蘭花的。你想著，在這道路和道路之間的車子，它們只是一個綠色的小點呢？還是一個自成空間的格子？為什麼在格子和光格子間的道路，會出現賣花的婦人？

不能進入。

下雨的夜晚，你可以聽見自己車子的輪胎在積水路面曳行而過的聲響，你可以聽見雨刷貼著玻璃嘎擦的澀膩聲響。你可以看見轉彎時自己的方向閃光箭頭一眨一眨的在儀表上閃著。還有映著路口黃色閃光燈一攤在路上的流光。你有時真的想瘋狂的大喊：只有我一個人！只有我一個人！

周而復始的催油、放離合器、排檔、打方向盤。在新生北路快速道路上你輕率便可飆到一百二，然後在自動測速照相機之前緊急剎車減速為中規中矩的六十。你隨著車群離開快速道路，沒入塞車的仁愛路。沒有迷宮、寶藏、在後追逐的警車或是錦標旗。而你不能進入。你想到十六個格子中，最右下角的那個沒有入口的格子，心裡便抽痛一下。你想到自己的小綠色光點絕望又賭氣的在那個格子的外緣徘徊，然後活活被撞死。正這麼想的時候，車子的前方出現一個穿功夫裝的少女，你在緊急剎車輪胎爆擦路面的刺耳聲響中，沒有感到有物體迎車頭撞上的重量感。後面的車子相繼緊急剎車，然後喇叭聲大響。

我撞死了一個女人。你想，不對。

春麗。天蠍座的。是你。

慢慢你會發現許多絕招的操作方式是重複的，例如同樣是把搖桿朝最左壓，然後在迅速右推的瞬間按下「重拳鈕」，則畫面上若你選的是越南軍官，他會旋身平射而出，渾身焚起藍色的光焰朝對手撞去；美國大兵是射出迴力飛鏢；西班牙美男子是在地上翻個滾朝前用鐵鉤朝敵人刺；而日本相撲的Honda和人獸混血的布蘭卡則都是把自己變成一枚砲彈向敵人射去。同樣把搖桿下壓再迅速上推的瞬間按下「重腿鈕」，則畫面上若你選的是春麗，她會使出「旋風腿」；若你選的是美國大兵，他會劃出一道殺傷力甚強的光弧腳刀；西班牙美男子則是尖嘯著凌飛上空，然後抓起對手倒栽葱在空中把對方摔下。慢慢你會發現，許多呈現而出的特性雖然不同，其實操作方式是一樣的。

於是那天夜裡你推門撞進滿妹的店，你的臉色慘白、冷汗淫淫濕透了襯衫，正在吧檯上瞌睡的滿妹瞿然站起，看著你摔摔跌跌走向她。

「滿妹……我撞死了人……是春麗……」

「是春麗……」這時靠彈子檯後邊落地窗那邊有人在輕呼著，但他顯然不是聽見我說的話，因為他正背對著我們，把雙手攀貼在黑色窗玻璃上，仰著頸子望著城市的天空。

「是春麗吔……」慢慢有人聚攏著湊了上去，一群人像壁虎一般貼在那整片的落地窗上，嘆息聲低抑的擴傳開來。

滿妹拉著我也擠到窗前，啊！是春麗，巨大的春麗正和越南軍官在城市的上空對打。「是最後一關了……」有人這樣低語著。和螢幕裡一式一樣的裝扮，水藍色綢布功夫裝、綁著丫頭髻，在月光下潔白如冥奠的紙人一般的娃娃臉，因為激烈的打鬥而喘著氣。越南軍官紅色的墊肩軍服、黑色綁了腿的軍靴，臉上因為沒在暗黑中，只模糊看出彷彿打不出噴噓那樣的不耐煩神情。春麗很快又騰身而起，跳上另一棟大廈的頂端。這是我第一次仰著頭看著比我龐大許多的她在和對手決鬥。她知不知道我在看著她的性命之搏呢？越南軍官一個旋身放著藍焰的「飛龍在天」把春麗撞翻落大廈。所有人擔心的驚呼起來。然後，又看見春麗搖搖晃晃的站了起來，她的臉上像抹了一片煤灰，有汗珠沿著眉梢流了下來。

時間在延長著，這不是最後一關了嗎？

她正在為我賣命，自己卻渾然不覺。

在她的頭頂，是一片銀光泛燦的星空。你以為你的頭頂，能有什麼樣的星空？梵谷的星空（牡羊座），夏卡爾飄著農夫和牛臉的星空（巨蟹座），耶穌在各個他含淚相望的星空（魔羯座），還是拿破崙在西伯利亞雪原上看見的星空（獅子座）？春麗似乎在等待著下一步的指令。潮汐遷移，只因你降生於此宮。全城的人在屏息觀望著春麗和軍官的無聲對峙，只有我熱淚漫面。突然想起許多進進出出我的星座圖的人們。我記得他們所屬的星座，並且爛熟於那些星座的節奏和好惡，但我完全無法理解那像一大箱倒翻的傀儡木偶箱後面的動機是什麼。天體的中央這時是由牛郎、織女、天津四所組成的夏天直角三角形，你可以看見天鷹、天琴與天鵝，以及橫淹過它們的銀河。白羊座以東，沿著黃道帶，你可以看見M45星團中最燦爛的七姊妹共組的金牛座——淡藍、銅礦、藍寶石、罌粟的星座。你可以看見有M42星團位於腰際三顆星下方，極美的獵戶座。並在它的上方找到雙子座——淡黃、水銀、瑪瑙、薰衣草的星座。當然你可以再循序找到有M44星團炫目的巨蟹座——綠色、灰色、銀器、莨菪的星座。你可以找到尊貴的天蠍，它菱形的頭部和美麗而殘忍的倒鉤……你可以在繁密錯布的整片星空，按著你的路線和位置，描出你要的神獸和器皿。但你再一眨眼，則又是一整片紊亂的、你無由命名的光點。

只因你降生此宮，身世之程式便無由修改。春麗，在全城的靜默仰首中喘著氣，她的頭頂是循環運轉的十二星座。眼前，則是彷彿亦被紊亂的星空搞亂了遊戲規則，像雕塑一般靜蟄不動的敵手。

時間在延長著，這不是最後一關了嗎？

（原載於八十二年十月號《皇冠》雜誌）

後記

天才之路

三個查泰萊夫人的情人

那一年，我二十七歲，就讀東華創英所二年級，剛出版第一本短篇小說集《迷藏》，滿腦子都是寫作、寫作、寫作。

除了寫作之外，說渾話也是我的強項。

今天，我才公告，我這個人啊，這輩子完全不想工作，只想寫作。

隔天，看到《聯合文學》雜誌徵人，我立刻改口：我這個人啊，這輩子完全不想工作，除非這個工作是《聯合文學》的編輯。

呃，不是我善變，而是來到《聯合文學》工作，作家夢還會遠嗎？

當下，我透過寶瓶出版社總編輯朱亞君（她出版了我的第一本書《迷藏》）打聽這份工作，隨後消息傳到了《聯合文學》總編輯那兒。

萬萬想不到，《聯合文學》總編輯許悔之竟然親自打電話給我，簡單問了幾個問題。

其中一個是：「你希望的薪資是多少？」

我想都沒想，馬上就回他：「我不在意錢，多少錢都無所謂。」

許悔之聽了，顯然很滿意，立刻叫我投履歷過去。

寫履歷？我這個人就是任性，我完全沒寫履歷，只是把《迷藏》的創作者自序，原封不動 E-mail 過去。

後來，據許悔之轉述，《聯合文學》老闆張寶琴看了我的「履歷」之後，大讚這是她看過最棒的履歷。

許悔之問我，什麼時候可以去上班？

我前面說過，當時我正就讀東華創英所二年級，但我回答：「明天就可以去上班。」

除了渾話之外，大話也是我的強項。

許悔之笑了笑說：「不急，你後天來吧！」

隔天，我拎著簡單的行李，從花蓮來到台北，住進了萬華一間老旅舍。

當時，我的如意算盤是，到《聯合文學》上班可認識作家，下班後可瘋狂寫作。

我有個天賦，就是只看得見前方十公尺的一個亮點，身旁的現實風景，全看不見。

就人類而言，那跟瞎子沒兩樣。

那一學期，我修了兩門課，分別是小說家李永平的「小說課」，以及詩人羅智成的「散文課」。

直到去《聯合文學》上班一個星期了，我才打電話給兩位老師，「對不起，我去《聯合文學》當編輯，無法再修老師的課了。」但他們兩人像是串通好似的，居然一前一後，對我說了類似的話：「去吧，去《聯合文學》，那裡能給你更多東西。」

當時，我的眼淚差點飆了出來。

後來，我的眼淚又飆了一次。幾個月後，那兩門課，我都高分過關。

有些生命會自己找出路，有些生命，不會。

我天真的以為下班之後，我就可以瘋狂寫作。然而事實是下班之後，我就瘋狂打瞌睡——累到一邊寫作，一邊打瞌睡。

不行，我需要改變，既然晚上無法寫作，那就反過來：早起寫作。

談何容易，我是夜貓子，習慣不是一天可以改變的。那就借助外力吧：吃安眠藥。

少根筋是我另一個強項。

到藥局買安眠藥時，老闆白了我一眼說，賣安眠藥是犯法的，你不要害我。不過我有鎮定劑，效果是一樣的，要不要？

就這樣，六點下班，吃完晚餐之後，我立刻吃鎮定劑。非常有效，八點不到，我就昏睡了。隔天，凌晨三點就起床了。

鎮定劑真是神奇，一顆就徹底改變我夜貓子的習慣，到目前為止，我已經維持了十幾年凌晨寫作的習慣。

以上種種，在在證明我是天才，只是我的天才是渾話造成的、是大話造成的、是少根筋造成的。

當事情發生的時候，它已經悄悄發生一段時間了。

現在讓我們回到故事的最初，文學的起點。

那年我十八，第一次離家，從台南到台中讀大學。當時，我的世界很小，聽過最酷的事——學長騎著野狼機車，一路從台中—彰化—雲林—嘉義，最後騎回台南。

那是我的夢想，一個不為人知的公路之旅。

但我的人生總是機車打滑，變成歪版的。

當時，我的機車不是打檔的帥氣野狼，而是二手的五十CC機車，車款叫「豪美」。

當時的電視廣告文案是這樣下的：哥哥風神，我豪美。豪美終究是位姑娘，孤獨公路之旅，我最深的恐懼是騎到一半，豪美脫缸。所以，每到一個鄉鎮，我就會停下來，讓豪美好好休息一下。

第一站彰化，某個大賣場外頭，正在書籍跳樓大拍賣，看來是個不錯的休息點。下了車，最後挑了本讓我臉紅心跳的書，書封是一個眼神嫵媚，抽菸的女人，她的指甲和嘴唇都紅得讓我心兒亂跳，書名叫《查泰萊夫人的情人》（*Lady Chatterley's Lover*）。

回家之後，我很認真的一頁、一頁快速瀏覽，但完全沒看到我想像中的情節。

假貨！我氣得把書往床底下丟。

當年我完全看不懂文學作品裡的象徵、留白、節制、多重意涵……

隔年的暑假，我又騎著豪美，經過彰化大賣場外的書籍跳樓大拍賣。千挑萬選，我最後挑的是——書封是一個眼神嫵媚，抽菸的女人，她的指甲和嘴唇都紅得讓我心兒亂跳，書名叫《查泰萊夫人的情人》……

以上兩段一模一樣的情節，不是我故意複製、貼上，而是我真的做了一模一樣的事。

我完全沒察覺，一年之間，我買了兩本一模一樣的書。直到我又做了同一個動作，氣得把書往床底下丟。聽到不尋常的撞擊聲，我低頭往床下一看：哇哇哇，不得了，兩個眼神嫵媚，抽菸的女人，一齊瞪著我。

只發生一次的事，等於沒發生過。

如果發生了兩次，就有了微妙的意義。

萬一發生了三次，就會讓人永生難忘。

對，《查泰萊夫人的情人》還有第三次。

多年後，我真的變成一名作家之後，社區警衛大叔問我：「你是不是常在報紙上發表文章的許榮哲？」

我虛榮的點頭，天啊，連警衛大叔都認識我了，我算知名作家了吧！

隨後，警衛大叔便興沖沖的說起了以前他是幹出版的，他們出版社賣最好的書是《查泰萊夫人的情人》。

「不是開玩笑的，印書像印鈔票一樣。」警衛大叔笑吟吟。

我呵呵陪笑：「書名取得好，封面也挑得不錯。」

「你看過？」

「沒有！」

許多作家走上文學之路，是生命的苦痛推著他們，一步一步艱難抵達，有其必然。至於我則完全是一連串的白痴＋任性＋幼稚＋魯莽衝動造成的，完完全全是偶然。

大部分的時候，我覺得自己實在是太白痴了，然而出於害羞，我只好改口「一切都是天才的緣故」。

得意的時候，提醒自己「因為我是天才，所以值得更加努力」。

失意的時候，提醒自己「相信自己是天才，比真的天才更重要」。

也許你覺得我的小說之路太兒戲了，沒有天才的傳奇性。

這正是我的目的，如果連我這樣的人，都可以藉由努力、自學，而走出一條小說之路，那你有什麼理由說你不行。

唯一不行的理由只有一個——你是個純粹的天才，你不需要加入星座，因為你自己就是星河。

萬一你真的是星河，請略過凡間的夜景和你正在看的這本書，努力發出自己的光。

但如果你不是天才，那麼這本《小說課之王》可以幫得上你的忙，自主發光，日後成為星座的一部分。

華文創作 BLC105

小說課之王
折磨讀者的祕密

作者 ── 許榮哲

總編輯 ── 吳佩穎
人文館總監 ── 楊郁慧
責任編輯 ── 許景理（特約）、楊郁慧
美術設計 ── 陳文德（特約）
內頁排版 ── 蔚藍鯨（特約）

出版者 ── 遠見天下文化出版股份有限公司
創辦人 ── 高希均、王力行
遠見・天下文化 事業群榮譽董事長 ── 高希均
遠見・天下文化 事業群董事長 ── 王力行
天下文化社長 ── 林天來
國際事務開發部兼版權中心總監 ── 潘欣
法律顧問 ── 理律法律事務所陳長文律師
著作權顧問 ── 魏啟翔律師
社址 ── 臺北市104松江路93巷1號
讀者服務專線 ── 02-2662-0012 傳真 ── 02-2662-0007；02-2662-0009
電子郵件信箱 ── cwpc@cwgv.com.tw
直接郵撥帳號 ── 1326703-6號　遠見天下文化出版股份有限公司

製版廠 ── 中原造像股份有限公司
印刷廠 ── 中原造像股份有限公司
裝訂廠 ── 中原造像股份有限公司
登記證 ── 局版臺業字第2517號
總經銷 ── 大和書報圖書股份有限公司｜電話 ── 02-8990-2588
出版日期 ── 2019 年12月10日第一版第一次印行
2023 年10月 6 日第一版第十三次印行

定價 ── NT 400 元
ISBN ── 978-986-479-930-5
書號 ── BLC105
天下文化官網 ── bookzone.cwgv.com.tw

國家圖書館出版品預行編目（CIP）資料

小說課之王：折磨讀者的祕密 / 許榮哲著. -- 第一版. -- 臺北市：遠見天下文化, 2020.02
面； 公分. -- (華文創作 ; BLC105)
ISBN 978-986-479-930-5(平裝)

1.小說 2.寫作法

812.71　　109000566